谜样的黄昏

扎西达娃 著

文学共同体书系·中国当代多民族经典作家文库

何平 主编

译林出版社

图书在版编目（CIP）数据

谜样的黄昏 / 扎西达娃著．—南京：译林出版社，2023.9

（文学共同体书系·中国当代多民族经典作家文库 / 何平主编）

ISBN 978-7-5447-9726-9

Ⅰ．①谜… Ⅱ．①扎… Ⅲ．①短篇小说－小说集－中国－当代 Ⅳ．①I247.7

中国国家版本馆CIP数据核字(2023)第092292号

谜样的黄昏　扎西达娃／著

主　　编　何　平
出版统筹　陆志宙
责任编辑　沈　挺
装帧设计　韦　枫
校　　对　蒋　燕　孙玉兰
责任印制　闻媛媛

出版发行　译林出版社
地　　址　南京市湖南路1号A楼
邮　　箱　yilin@yilin.com
网　　址　www.yilin.com
市场热线　025-86633278
排　　版　南京展望文化发展有限公司
印　　刷　苏州市越洋印刷有限公司
开　　本　787毫米×1092毫米　1/32
印　　张　8.5
插　　页　4
版　　次　2023年9月第1版
印　　次　2023年9月第1次印刷
书　　号　ISBN 978-7-5447-9726-9
定　　价　59.00元

走向“文学共同体”的多民族中国当代文学

何　平

“文学共同体书系·中国当代多民族经典作家文库”（第一辑）收入当代蒙古族、藏族、维吾尔族、哈萨克族和彝族阿云嘎、莫·哈斯巴根、艾克拜尔·米吉提、阿拉提·阿斯木、扎西达娃、叶尔克西·胡尔曼别克、吉狄马加、次仁罗布、万玛才旦等小说家和诗人的经典作品，他们的写作差不多代表了这五个民族当下文学的最高成就。事实上，这些小说家和诗人不仅是各自民族当代文学发展进程中最为杰出、最具影响力的代表人物，即使放在整个中国当代文学史亦不可忽视。

通常情况下，蒙古族、藏族、维吾尔族、哈萨克族和彝族的族裔身份，使得这些小说家和诗人往往被归于“少数民族文学”的视野框架内。不过需要注意到，基于当下中国文学生态场域的特质和属性，这些作家更应该在中国当代“多民族文学”之“多”之丰富性的论述框架中进行考察。毋庸讳言，受全球化和民族融合等时代因素的影响，中国当代少数民族文化与汉文化、世界文化的同质化愈发明晰，而多民族的民族性之“多”难免逐渐丧失；但另一方面，中华民族各民族依旧在相当程度上内蕴着独特自足的民族性，包括相对应的民族文化传统。在此前提下，我们需要思考：在今天的中国当代文学语境，蒙古族、藏族、维吾尔族、朝鲜族、彝族等及其他民族文学是否已被充分认知与理解？怎样才能更为深入、准确地辨识文学的民族性？

不管文学史编撰者在编撰过程中如何强调写作的客观性，文学史必然葆有编撰者自身独特的情感态度和价值立场，这当然会关乎多民族文学的论述。诸多中国当代文学史著作时常暴露出这样的局限：相关作家只有以汉语进行写作，或是他们的母语作品被不断翻译成汉语文本，他们才具有进入中国当代文学史框架范畴的可能性。事实上，如蒙古族、藏族、维吾尔族、哈萨克族、朝鲜族、彝族等民族都有着各自的语言文字和久远的文化和文学传统，至今依然表现出语言和文学的双向建构。当然，要求所有中国当代文学史编撰者都能够掌握各民族语言是不切实际的。且像巴赫提亚、哈森、苏永成、哈达奇·刚、金莲兰、龙仁青等拥有丰富双语经验的译者、研究者原本可以加入到中国当代文学史的编撰工作，然而实际情况是他们鲜少被当代中国文学史编撰所吸纳。这也就随之带来了一个问题：使用蒙古语、藏语、维吾尔语、哈萨克语、朝鲜语等各自民族语言进行写作，同时又没有被译介为汉语的文学作品怎样才能进入中国当代文学史的论述当中？

需要指出，中国当代文学的版图中，进行双语写作的作家在数量上并不少，如蒙古族的阿云嘎、藏族的万玛才旦、维吾尔族的阿拉提·阿斯木都有双语写作的实践。双语作家通常存在着两类写作：一类写作的影响可能生发于民族内部，另一类写作由于“汉语”的中介作用从而得到了更为普遍的传播。由此而言，中国当代文学史指向多民族文学的阐发，实质上是对于相应民族作家汉语写作的论述。而文学史编撰与当代文学批评面临着相类似的处境。假如中国当代文学史的叙述难以覆盖到整个国家疆域中除汉语以外使用其他民族母语的少数民族作家及其作品，那么中国当代文学版图是不完整的。

二十世纪八十年代作为“假想的文学黄金时代”，是很多人在言及中国当代文学时的“热点”：为何需要重返八十年代？八十年代给中国当代文学提供了哪些富有启发性的意义要素？但即使是在八十年代这样一个“假想的文学黄金时代”，蒙古族、维吾尔族、哈萨克族、朝鲜族等民族的文学也并没有获得足够的认知与识别。也许这一时期得到关注与部分展开的只有藏族文学，如扎西达娃的小说在八十年代深刻影响到了中国文学对于现实的想象，从扎西达娃八十年代小说创作所展现出的能力，他具有进入世界一流作家行列的可能。而鄂温克族作家乌热尔图在八十年代也给国内文坛带来了一种全新的文学经验，这也影响到当时寻根文学思潮的生发。而作为对照，我们不禁要问：现在又有多少写作者能如八十年代的扎西达娃、乌热尔图去扭转当下文学对于现实的想象和文学的地理版图？而时常被人忽视而理应值得期待的是，国内越来越多的双语写作者从母语写作转向汉语写作，成为语言“他乡”的文学创作者。长期受限于单一汉语写作环境的汉语作家，往往易产生语言的惰性，而语言或者不同民族文化之间的“越境旅行”却有可能促成写作者的体验、审视和反思。

当我们把阿云嘎、莫·哈斯巴根、艾克拜尔·米吉提、阿拉提·阿斯木、扎西达娃、叶尔克西·胡尔曼别克、吉狄马加、次仁罗布、万玛才旦等放在一起，显然可以看到他们怎样以各自民族经验作为起点，怎样将他们的文学“细语”融于当下中国文学的“众声”。党的十九大报告中指出：“深化民族团结进步教育，铸牢中华民族共同体意识，加强各民族交往交流交融，促进各民族像石榴籽一样紧紧抱在一起，共同团结奋斗、共同繁荣发展。”中国作为统一的多民族国家，它的文化景观（这其中当然包含文学景观）的真正魅力，很大程度上植根于它的丰富性和多样性，植根于它和而不同、多样共生的厚重与博大。中国多民族文学是象征中华民族悠久历史的文化标志，是国家值得骄傲的文化宝藏，与此同时，中国多民族文学在继承与发展的进程中逐渐成为中国文学，乃至世界文学的重要组成部分，他们所具有的民族身份在文学层面展现出了对于相应民族传统的认同与归属。因此他们的写作能够更加深入具体地反映该民族的生存状态与生活景象，为当代多民族文学的写作提供了一种重要范式。作为具有独特精神创造、文化表达、审美呈现的多民族文学，为中国当代文学提供鲜活具体的材料和广阔的阐释空间。

改革开放以来，原本相对稳定的民族文化传统和结构正受到西方话语体系及相关意识形态的猛烈冲击。具体到各个民族，迅猛的现代化进程使得各民族的风土人情、生活模式、文化理念发生改变，社会流动性骤然变强，传统的民族特色及其赖以生存的根基正在悄然流失，原本牢固的民族乡情纽带出现松动。相对应的，则是多个民族的语言濒危、民族民俗仪式失传或畸变、民族精神价值扭曲等。而现代化在满足和改善个体物质需求的同时，亦存在一些负面因素，如拜金主义、个人主义、享乐主义等等。上述种种道德失范现象导致各民族中的部分优秀文化传统正面临巨大的挑战，这也是各民族共同存在的文化焦虑。“文学共同体书系”追求民族性价值的深度。这些多民族作家打破了外在形貌层面的民族特征，进一步勘探自我民族的精神意绪、性格心理、情感态度、思维结构。深层次的民族心理也体现了该民族成员在共同价值观引导下的特有属性。从这个意义而言，多民族文学希望可以探求具有深度的民族性价值，深入了解民族复杂的心理活动，把握揭示民族独特的心理定势。我们常能听到一句流传甚广的话："越是民族的，越是世界的。"但假如民族性被偏执狭隘的地方主义取代，那么，越是民族的，则将离世界越远，而走向"文学共同体"则是走向对话、丰富和辽阔的世界文学格局的多民族中国当代文学。

目录

沉寂的正午

拉萨城东的一个十字路口，西边立起一个画着红白粗条的交通岗亭，街斜对面的树荫下有个小酒摊，两张草垫、一张矮桌、几只灌满青稞酒的白色塑料桶，酒摊的女主人是十九岁的姑娘娜珍。她的酒摊刚从八角街的闹市移到这儿来，因为那里嘈杂的喧闹声使她受不了。她想得到安宁。

骄阳烤炙着八月的大地，街道在正午时沉睡了。偶尔过来一个行人掏出两毛钱，端起一杯酒喝完便匆匆走去。娜珍一双俏丽的眼睛痴痴地盯着被酷暑烤出青烟的柏油路面，她还没有从抑郁的感情里解脱出来。

一会儿，过来一个戴墨镜的年轻人，古铜色的皮肤，穿一件夹克衫，左脸颊有一道刺目的伤痕。他坐在酒摊的草垫上，对娜珍微微一笑，掏出手绢边擦着油亮的额头，边自言自语道："这天真热，叫人受不了。"

娜珍给他斟满一杯酒，一声不响坐在旁边仔细打量着他。

年轻人径自端着酒杯仰起脖子，他那富于男性美的隆起的喉头上下滚动，咕咚咕咚正喝得痛快。娜珍一对秀长的眉梢低落下来，她眯起眼，从牙缝里恶狠狠地蹦出："我认识你。我哥哥进监狱就是被你害的。"

年轻人的喉头蓦地停止了滚动。他放下杯子，一只手下意识地触摸到墨镜架上，仿佛要摘下来看清对方。娜珍很想看看墨镜后面的这双眼睛，一定像狼一样闪着凶残的绿光。

他并没有把墨镜取下来，只是把酒杯抓在手中转来转去，半晌才开口："不，是他犯了罪。"

"可是是你抓的他，我知道！他过去在学校赛跑总是第一名，没有人能追上他。就因为你从对面……你又不是公安局的，晚上回自己家，为什么不放过他？我哥哥以前和你有仇吗？"她激动地问道，一面抑制自己，不让哭声出来。

"我不认识他。他结伙打架、捅刀子，还捅伤一个过路的老爹，我碰上了。喏，就这么回事，你也知道。啊，还给我这儿留了个纪念。"他平静地回答着，一边抚摸左脸颊的伤痕。

"本来他能跑掉的，是你抓住了他！是你！"她尖声嚷叫着，拼命忍住眼中涌满的泪花。

"他跑不掉的。我不抓住他，公安局也不会放过。殴斗伤人，是要受到法律惩处的。就这么回事。"

娜珍捧着脸忧伤地颤吟："唉——，他为什么要伤人呢？该死的。"她最后一句不知是骂她哥哥，是骂年轻人，还是骂自己。

街道上寂无人影，只有一条狗懒洋洋地穿过马路，擦着阴凉的墙根溜到小巷里。树上的麻雀也在酷热的正午里寂然无声。强烈耀眼的阳光，不禁使人沉倦欲睡。

娜珍从无数纷乱的思绪中惊醒过来，给年轻人斟满第二杯酒，凄怆地说："我哥哥是做了傻事，你知道吗？他有一个女朋友，真是比小猫还温驯，我哥哥随便打她、踢她，她只抱着头一声不叫，还对我哥哥那么好。现在，她成天躲在屋子里伤心地哭，哭啊！谁都劝不住，真可怜。"

年轻人不吭声，低头不停地转动杯子。末了，他轻声说："我也说不清，但是，你也有爸爸，要是别人这样伤害他……你想想吧。"

第二天是星期日，街道上行人熙熙攘攘，各种机动车辆川流不息，还有吱吱作响的马车队伍。

娜珍的小酒摊旁坐着几个赶毛驴进城的乡下人。一群驮着牛粪、干柴的毛驴拥挤在墙根下，发出阵阵刺耳的嘶鸣。乡下人一面喜滋滋地滋润着干裂的嘴唇，一面夸奖这酒味地道，醇浓香甜。娜珍淡淡地对他们一笑，将眼光往布满人流和车辆的街道上一瞥。突然，一个暗红刺眼的伤痕跃入她的眼帘。原来坐在岗亭里的警察正是昨天喝酒的年轻人。那个把她哥哥扭进公安局的人，和昨天不同的只是换了一身雪白的民警制服，仍旧戴着宽边墨镜。他繁忙而有条不紊地换着红绿灯，指挥拥挤的车辆依次通行。

噢，原来是……娜珍明白了。可那天他并没有去执行任务，只是独自在回家的路上，为什么非要去挨这一刀子呢？爱管闲事。可是……如果被害的是我爸爸……她想起他说的话，她惊讶地发现自己从昨天起就已经在慢慢地原谅他了。她甚至冲动地想做一件事情，尽管连她自己也说不清这样做是意味着对他表示谅解呢，还是想作为一种无言的谴责让他得不到良心上的安宁？

于是，她端着一杯酒，另一手提酒壶，穿过马路朝岗亭奔去。当我把酒杯递到他嘴边时，他一定会窘迫得满脸通红的。她暗自想道。

“轰！”一辆巨大的柴油车在离她半米远的地方急刹住。杯里的酒晃出了一半。年轻的警察伸出头对娜珍喊道：“喂，你鼻子上的眼睛跑到哪儿去了？”说着向汽车挥挥手，示意通过。接着又转向娜珍：“看看你头上，是红灯！你不想活了吗？……哟！是你？……快！快退回去！到处是车！”

霎时间，委屈的泪水立刻涌到娜珍的眼眶，她涨红了脸。哆嗦半天，终于忍不住将半杯酒朝岗亭泼过去，哭喊着：“对！是我瞎了眼，你骂吧！顶好把我也抓进监狱你才高兴呢。呸！没有一点良心的东西！”

说完她跑回小酒摊，将脸深埋在掩着腿膝的裙摆中间。

街上的行人，酒摊的顾客，全都感到莫名其妙。

从此，年轻的警察再也没有光顾娜珍的小酒摊，好几次他身着便装在附近徜徉，分明想对娜珍说什么。

过来一个栗色头发的小伙子。走路像跳舞一样轻飘飘的。掏出一盒牡丹牌香烟，坐在草垫上，随即捏着手指打了个响亮的榧子，仰起尖尖的下巴说：“姑娘，来两杯。”

一个小时以后，栗色头发的小伙子已喝了十七杯，他独自哼着什么歌曲，一条腿轻轻地点着拍子。娜珍低头翻一本破旧的《大众电影》，这是拉萨的姑娘们喜爱看的一种刊物。小伙子探过身笑眯眯地对她说：“哎，我告诉你，我真想跳个舞，哒，哒哒……”

“在哪儿？在这儿？”

“嗯，你为我唱一段，就唱……《斯吉比吉》，轻点唱。”

娜珍笑了，他那泛着红晕的俊俏的脸，以及那健美的身材似乎都赢得了她的好感，她点点头：“好吧……嗯哼。”便清了清嗓子。

对面的警察正换班，一个长着络腮胡的老警察替换了年轻的警察，他走出岗亭直了直腰，似乎显得很疲劳。

栗色头发的小伙子刚站起身就栽倒在地，笑嘻嘻地说：“怎么？我……喝醉了吗？姑娘，你没用脚绊我吧？”

娜珍捂着嘴哧哧地笑道：“哥哥，你顶好是爬回家，反正没人送你。”

“是……吗？我这就……站……站起来跳……舞。”

他摇摇摆摆，晃到几步远的墙根下，像头受伤的公牛喘着气，叉开两腿，脑袋顶在墙壁上保持平衡，便要解开裤子纽扣。

“喂喂喂！”年轻的警察走到小伙子跟前拍拍他的肩，“当着姑娘面就撒尿，你不害羞吗？看你穿得倒挺漂亮。”

小伙子晃来晃去地说：“我……我错了，你改正。”

“你喝多了，走吧，我送你。嗯？家在哪儿？”

“前面，巴……巴朗学……”

年轻警察吃力地架着醉汉，从娜珍面前走过时，她悄悄地扯了扯他的衣角，低声问道：

“哎，他是你的朋友？”

他一下怔住了，茫然地看着她。

“我问你，假如我哥哥也是你的好朋友，你会怎样对待他？”

娜珍清亮的眸子盯着他，年轻的警察不知怎么有点发慌了。但稍定了下神，便坦然地回答说：

“不，我和他也不认识。”

一连几天，娜珍再也没有见年轻的警察来上班，她守着小酒摊，时常怅然若失。到第五天中午，他来了，英姿勃勃，穿着崭新的雪白制服，领章、帽徽分外鲜红，只是那副宽边墨镜像是永远长在脸上的一部分。

他坐下后，不安地搓着手说：“娜珍啦，我向你道歉来的。那天，你送酒来……差点撞车，我生气了，态度不好，请……别记我的仇。”

娜珍把酒递给他，将脸扭到一边。

他把酒轻轻地推过去，迟疑了一阵才说："我要走了，去内地学习。"

娜珍飞快地转过脸，急忙问道："什么？要走了，很久吗？"

"三年。"他边摸着左脸颊的伤。

"你这儿还疼吧？我家有藏药。"

"哦……没什么，我……明天就走。"说着，漫不经心地摘下了墨镜。

天哪！娜珍一阵目眩，眼前是一双像女孩般温柔妩媚的秀目，忽闪闪地凝望着自己，含着一丝腼腆与羞怯，那修长的睫毛、深褐色的瞳仁，撩拨着她的心弦，她苍白的脸绯红了，心慌意乱地喃喃说："你去内地学习……和我有……有什么关系？我每天还会坐在这儿卖酒的。"

警察站起身，沮丧地低下头，抚弄手中的大盖帽，低声说："那么，就……再见了。"

娜珍在他刚才坐过的草垫上发现一个纸包，打开看时，一张字迹歪歪扭扭的纸条包着一沓人民币，纸条上写着："这点钱，给你哥哥买点东西，你经常去看看他。我相信他会重新做人，因为我们都还年轻。另外，有空时你把中学学过的功课复习一下，拉萨各单位很快要招工了，家乡的明天召唤着我们，每一个年轻人都应该尽自己最大的力量来建设她，我盼望着……”

他走远了……

娜珍只觉得浑身无力，软绵绵地抱住白杨树，将脸贴在树干上，深情地注视着他的背影。不知为什么，娜珍真想伤心地大哭一场。

从此，这十字路口上的小酒摊消失了。

没几天，这里又搭起了一个酒摊，女主人是一个脸上布满雀斑、爱唱爱笑的胖姑娘。

闲　人

早晨，窗外闹市的喧嚣声把旺多吵醒了。从窗口望去，远处布达拉宫的金顶闪着炫目的光辉。旺多躺在被窝里半天不想起床。他脑袋枕着双手，一大早就胡思乱想，嘴角叼着半截香烟，也懒得点火。屋里只有他一人。对面的床铺是空的，弟弟边巴总是每天在他醒来之前就骑车去上班了。

母亲抱着壶酥油茶，拿着只细瓷碗上了楼，给他斟满一碗茶放在床边，随后撩起裙角擦了擦手。

“你工作的事，昨天晚上我给居委会的干部讲了，问你去不去铁木合作社。”

“不，我不愿意。”

“要是……你嫌不好，后院自行车修理铺的朗杰大叔，我去给你讲……”

“妈妈，我哪儿也不想去，就想在家里待一段时间。”

“唉，时间是闲不住的客人。过去，我还是年轻的姑娘……哦，我不是说家里养不起你。我是说，大慈大悲的佛让我们每个人都有事做，他不喜欢有人闲着。”

“我不信教。我不属他管。”

母亲在大儿子面前无能为力。她甚至有些怕他。

“我是说，别像猫一样蹲在家里，出去玩玩。拉萨一年一年热闹起来，去看看电影，去同学家转转，要么和一个好姑娘去玩玩。……昨天，边巴把他存的钱取了二百块，说是给你买一辆自行车。”

“留着他结婚用吧，人家正谈恋爱呢。”

“我也这么说，这钱我替他存着，家里有钱给你买，现在拉萨自行车很多。”

“好了，妈妈！我要起床了。”他坐起身，伸了个懒腰。

“早饭给你送上来吧？”

“你知道，我从不吃早饭。”

“唉，起床就往甜茶馆里跑……”母亲下楼去了。

旺多今年二十五岁，待在家里没事干。他什么也不想干。

六年前，有一天他喝醉酒后，在路上见到几个年轻人欺负一个小孩。路见不平，他仗着酒劲上前把一个人打成重伤，因此被判了七年刑。后来，根据新刑法规定他属于重判，劳改了四年后就被释放回家。

他不愿去回想劳改中的日子，那是酸溜溜、苦涩涩的日子，就像不曾有过但又的的确确做过的梦一样。在闲着无事干的时候，有的犯人就谈论着各种犯罪经过，有的在高声朗读《革命烈士诗抄》，有的在玩着自制的扑克牌来赌饭、菜。甚至在森严的囚监下，男女犯人竟然也凑机会谈恋爱。

他刚进去不久也谈了一个——如果那也算恋爱的话。有一次他手指被砸伤，在医务室里碰见一个年轻姑娘。虽然她穿着黑囚服，但模样倒生得挺好看。她脖子上长了个什么疮，医生给她上完药后吩咐她明天来换药。临走时那年轻女囚久久地凝视了他一眼。旺多分明看到她眼里闪着疯狂的渴望。

第二天换药又碰见她，趁人不注意时他将一个折成小块的纸条塞到了她那冰凉而胖乎乎的手里，纸条里写着些猥亵的语言。他这样做倒并不是因为渴望爱情，而是想开开心，打发日子。

以后，医务室竟成了他俩偷偷交换情书的场所，满纸空洞无聊的情话。

后来，那年轻的女囚再没有按他约定的时间来了。她似乎已经被释放出去，就这样，结束了旺多在囚禁中的罗曼史。

四年的囚禁生活旺多既不感到什么冤屈，也没什么值得回味。他觉得人不论在哪儿都是要活着，各种不同的生活方式都一样，目的就是为了活下去。但释放回家这两个多月来，他总是在烦躁、无聊中度过，觉得似乎不仅仅是为了活下去。

他有时闷在家里，就打开录音机听着同学送来的几盘流行舞曲。那节奏强烈的西方现代派音乐吵得他心烦，而印度歌曲却像猫一样呜呜叫唤，听不了一会儿就扔开。有时，他闲荡到附近的一家甜茶馆去。那间房狭长、低矮、光线黯淡，地板上和桌椅上都滴满了黏糊糊的甜茶的糖汁。到这小甜茶馆里来的，大部分是些小伙子，他们像成天没事干似的凑在这里穷聊天。几个年轻的姑娘提着茶壶来来往往，边倒茶边大大方方地和小伙子们调情说笑。看着这些小伙子，旺多想起他的弟弟边巴。虽然，他有时也在心里讥笑弟弟工作卖傻劲，但又觉得弟弟比起这些小伙子既实在又可亲。看着他们那份自命不凡的神态，他心里不免生出厌恶之感。因此，他每次到甜茶馆去，总坐不了几分钟就离开。回到家里，却又不知该怎样来消磨时光。

旺多家只有母亲和他弟兄俩，父亲几年前就去世了。看着母亲一面为半爿杂货小店操劳，一面又忙着家务，旺多心里常常泛起不安、怜悯、内疚的感情。他希望弟弟早点结婚，家里好有个帮手。弟弟边巴在面粉厂当修理工，他像闲不住似的，连星期天也给朋友、邻居装个自行车，修个收音机。不知他打哪儿学来的这些手艺。他生长在拉萨，却没有一点城市青年的样子，不爱喝酒，不进甜茶馆，也不会跳舞，见人便憨厚地笑笑，露出一排白牙。一身油腻腻的工作服几个月难得换一次。昨天晚上他总算里里外外换了一身干净的衣裤。旺多似乎第一次看见弟弟那裸露的身体，从胳膊、胸部到大腿，每一块肌肉都显得结结实实，浑身透出健壮的男性美。旺多不禁暗暗惊叹，随后又摇摇头，脑子里忽然冒出这样的一句话：“劳动创造了人。”

中午，旺多坐在杂货铺后面照看着，一面漫不经心地翻看一本从邻居家借来的外国画报。母亲兴冲冲地从外面买回来几斤黄澄澄的酥油和一块新鲜羊肉。

“边巴的女朋友晚上要来啦，这可是第一次，谈了这么久我还没见过面咧。”她神秘而欣喜地说。

“哦，好嘛。”旺多心不在焉地回答。

“人家忙得很，隔壁的小央金告诉我她还是个什么新长征的突击手。你爸爸不在，你们的事我也不好多问。可你，唉，你就只晓得闷在家里……”

“好了，妈妈，你忙去吧，午饭还没做哪。”

“是啊，是啊，这就做。我这不就做吗？”

边巴回来了，又是一身脏，脸上还抹着油污。自行车的后架驮着个麻袋，他把它往地上一放，“哗啦啦”发出铁器的碰撞声。

午饭是面条，上面撒着一些炒牛肉丁和用咖喱粉做的黄黄的土豆片。旺多平时很少和边巴交谈，但心里却记着他的情。劳改的日子里，每到探监的那天，边巴就骑着车往返十几公里给他送来许多好吃的东西。有一次离探监时间还有一个多小时，外面下着大雨。旺多扒着小窗口看见边巴蹲在远处淋着雨，用外衣包住食品捂在怀中。当弟弟把冒着热气的肉包子递给他时，他转过脸默默地哭了。出狱后，弟弟也一直尊重他，并且三天两头塞给他足够的零花钱。

屋里很静，旺多感到缺少一点活跃的气氛。面条吃到一半时，他放下碗，点燃一根烟，抬起头看看边巴。

“你整天总是忙，厂里有什么玩意儿值得你天天修？”

“压面机坏了。”

“前天你好像说过，要从内地运新的机器来。”

“藏历年以前来不了，我们几个修理工想把现在的机器修好，要不，过年时市场上挂面就紧张了。这几天，就是为一些零件在到处跑。你看！”他指着地上的麻袋，又加上一句，“刚凑齐！”

边巴放下筷子，从上衣兜里掏出一盒压得皱巴巴的香烟。

“该买个烟盒。”旺多把自己那镀金的烟盒递给弟弟。

“总是忘。”边巴接过烟盒点起一支烟说。

“明天星期几？”旺多问。

“星期天。怎么了？”

“群佩你认识吧，高个儿，邮电局的，他们家从加拿大回来一个亲戚，叫我明天去玩，还叫你也去。”

“明天？明天不行。”

“又忙些什么？”

“明天要到厂里去把压面机的零件配上，最迟两三天就要弄好。晚上，我们团支部集体去龙王潭公园滑冰。哥，你也去。四十一码的冰鞋我能借到，你要花样刀还是速跑刀……”

“你干吗跟我说这么多？我不去。”

边巴不说话了，他知道哥哥的心情总是不好。

“其实，我也不想去群佩家，那家伙，势利眼。”旺多嘟哝了几句，然后爬上楼去。

晚上，旺多正专心掏着烟嘴里的烟泥。边巴带着他的女朋友上楼来。她是个漂亮、文静的姑娘，叫德吉。穿一身男式警蓝冬装，白口罩，黑手套，一对镶着宝石的耳环闪闪发亮。边巴给哥哥介绍时，旺多显得有些吃惊。他勾头继续掏烟嘴，在竭力控制着自己的情绪，可他的手却不住地哆嗦着。

母亲在楼下厨房里忙得晕头转向，这会儿就是从天上掉下金子她也腾不出手去接。

“旺多，快下来帮我把羊肉捞出锅。呼！呼！烫死我了。”她在下面喊道。

旺多正欲起身。“我去吧！”边巴说着抢先跑下楼去。

他刚走，旺多和那姑娘同时抬起头来互相对视着。

“闹了半天，原来是你。”旺多终于苦着脸说。

“没有想到吧？”德吉像是问话又像是回答。她比三年前更漂亮了，脸上是健康、明快的笑容，眼睛里已经没有当年那种幼稚和疯狂的神情。

“听边巴说你还泡在家里。”她大大方方地说。

“怎么，也算犯法？”

“别这样说，多不好。以后，我就是你们家的人了。不管怎么样，我和边巴是分不开的了。要不是遇上他，我早就……唉！算了，旺多哥，别再去想过去的事，想想以后吧。”

“你是‘新长征突击手’，我可不能比。以后……以后该怎么样呢？”旺多问。

姑娘低下头注视着自己的双脚，喃喃地说：“我，也不知道，总得像现在这样好好生活下去，生活得更好。”

边巴端进来一大盆热腾腾、香喷喷的手抓羊肉，母亲也端着东西跟进来。旺多皱起眉头，把烟嘴狠狠地吹了一下，看看手表说：“失陪了，我还有场电影。”随即起身出门。

旺多看完电影，然后在街上漫无目的地闲荡着。天黑了，那些虔诚的善男信女们还转着经筒，口诵真言，忍着冻，拖着疲沓的步履，围着八角街的环形路走了一圈又一圈。旺多不知不觉地混在人群中。雪白的水银灯照亮了眼前穿着皮袍的汉子、竖起衣领倚在路灯下吹着口哨的青年，还有姑娘们骑着车在人群中穿梭的优美的身姿。旺多忽然觉得为什么他也跟着转经的人们永无休止地在老地方兜圈子而没有走出一条自己的路。他想起刚才的一幕，不明白那个当年穿着黑囚服的姑娘是为什么进监狱，又是怎么变成了现在的“新长征突击手”。

“啊！我说呢，她一定把什么都瞒着，边巴一点也不知道她的过去。”旺多这样想着，离开了那些还在转着经筒的人群，回到家里。

晚上，旺多和边巴各自躺在自己的床上，两支红红的烟头在昏暗中一闪一闪。

“哥，你看她还行吗？”

“妈妈喜欢吗？”旺多说。

“妈妈急了，要我们在过藏历年时就办婚事。”

“好嘛。”

“我想等到‘五一’节。”

“哦，‘五一’节？很好，还可以再了解她一下。”

“你说什么？哥，我没听清。”

“我说你还要多了解她。”

“是。”边巴说。他想了想又问：“哥，你说再了解些什么呢？”

“我想……比方说，她的过去。”

“哦，她什么都对我说了。我早就要她到家里来，她不肯。她说她怕见到你。”

“什么？”旺多的手一颤抖，香烟掉到地上。他慌忙捡起香烟，“你你……你都知道了？”

“都是过去的事，我不计较那些。”

“当初我可没有伤害过她。真的，我发誓。”

“好了哥哥，我相信你。我也很喜欢她。她是个好姑娘。”

“是啊，是个好姑娘。”

这时，月亮升起好高了，把那一道清淡的月光从窗口洒进屋里，满屋一片光辉。

两人长久地沉默。

旺多从床上爬起来，在屋里来回地踱步，不断地吸着烟。过了一会儿，他轻声地向边巴问道：

“你说，她是怎么变……变好了？”

“你说德吉？她的事可多了，可以写一本书……”

“是，是啊。”旺多若有所思地叹了口气，坐到床沿。他想，他也要工作，而且要赶快工作了，要凭自己的劳动挣得工资，在“五一”节给边巴和德吉买一份厚厚的贺礼。

“为什么不呢？我同样也可以成为一个‘新长征突击手’啊！”旺多这么想着，又躺到床上。第二天一早起来，他的第一句话就是要母亲去替他联系工作。

宠　儿

不管怎么说，林玲相信生活中的偶然，相信这种偶然有时足以改变一个人的命运，并且，她具有第六感官。

央娜对此很不理解，虽然她的民族所信奉的喇嘛教本身就带有许多玄奥神秘的成分。她十九岁，父亲是党多年培养的藏民族中为数不多的高级干部之一，在中央高级党校系统地学习过马克思的辩证唯物主义和历史唯物主义。她叔叔年轻时在印度留过学，现在北京一所大学任教，专讲藏族史。央娜从小在叔叔身边——繁华的北京城生活，长到十一岁才回到拉萨。

像央娜这样的女孩，绝不是文学家感兴趣的对象，她不具有自己民族的典型形象和特征。她当兵以前，在服装打扮上，常被人误以为是日本姑娘；在口音上，又遇到不少热情的北京小伙子跟她拉老乡。不管怎么说，央娜确实具有不平凡的语言天才：除了一口标准的普通话，她还能流利地讲北京、天津、陕西三种方言；在藏语方面，除了纯正的拉萨家乡话，还能讲点昌都和那曲的方言土话。美中不足的是她嗓音略显喑哑，这就是她为什么不能坐在电台的播音室里而只能做一名优秀的护士的缘故。另外，她的文化水平跟普通的城市藏族姑娘没有更大的差别。她私下对林玲讲过，她想嫁给一个有风度、有才华的汉族大学生。

促进民族团结嘛，她这样认为。

她跟林玲在一个科室工作，同住一间宿舍，她俩是亲密的好朋友。

林玲的父亲原是军区司令员，前不久退居二线当了顾问。据林玲自己说，她奶奶是旧知识分子，信天主教，在燕京大学攻读过心理学，常常爱说柏格森。林玲说自己脑子里那些稀奇古怪的思想是受了她奶奶的影响。

如此说来，央娜和林玲从家庭环境讲有许多共同的地方。

林玲来西藏才四个月，她提心吊胆地等待冬天的到来。

今晚轮到她俩一块儿值夜班，这样的机会是不多的。她俩查完了病房，这一排病房里只有三号病房住着一位病人，应该说是产妇。

央娜和林玲谈起那个产妇，是下午六点钟分娩的，那时她们还没接班。她丈夫姓魏，是新提拔不久的野战师的政委，今年才三十六岁。电报已经发出，也许这会儿正坐着越野吉普车日夜兼程地向拉萨赶来。魏政委过去是林玲爸爸手下的一个参谋长。现在提拔的军官都年轻。听说不久将恢复军衔制，魏政委就要挂少将肩章。不可能，不过是一个上校。不，至少是大校。有没有大校衔？她们为魏政委应该挂什么军衔争论半天。又谈起女兵们所喜爱的军衔，两人一致认为中尉这个军衔最有魅力。年轻的中尉。林玲讲起了她看过的一个电影剧本，名叫《一个法国中尉的女人》。接着又聊起魏政委的小公子。好神气哟，像个小将军，在梦中指挥千军万马。婴儿室里，一排小小的摇篮里只有这一位刚出生几个小时的小将军。

她俩从婴儿室里出来，是林玲拉着央娜去的。妇产科每出生一个婴儿，林玲就要站在婴儿边上仔细观察婴儿的五官，还煞有介事地张开虎口卡量一番，然后给这个孩子算命。她喜欢干这些名堂。

“怎么样？”央娜问。

“命不好。”

“怎么个不好？”

“生出来注定有灾难。”

“从哪儿看出来的？”

“这个不能告诉你。”

“他能当将军吗？”

“这孩子额头上有块胎记，要长到十岁才能褪掉。这块记叫谜记，就是说在它褪掉以前没有人能算出他的命来。”

“这叫什么算命？”央娜不信任地哼哼道。

值班该干的事都干完了。她俩去电视房看电视，是相声节目。央娜不喜欢听相声，央娜喜欢看足球比赛实况。林玲一人留在里面看。

央娜回到值班室，打开电炉烤火。十一月份的拉萨刮着风，很冷。

电视房就在隔壁，传来呜呜的声音。央娜又听见一种声音。有人敲门。

“央护士、央护士。”

她开了门。是内二科的小红护士，身后站着一位比小红高不了多少的男人，那身臃肿的老羊皮袍一看就知道是草原来的牧民。

“我听不懂他的话。”小红说。

“大哥，有什么事？”央娜用那曲牧区话问。

他显得很高兴，随即伸出两个拇指哀求道：“医生啦，我老婆要生孩子了。”

“他老婆要生了。”她对小红说。

“那我还算找对了。”小红走了。

“大姐呢？”走廊上没见产妇。

“外面，外面。”

“林玲，”央娜喊了声，“接产妇。”

央娜跟着年轻的牧人出了走廊，推开嘭嘭响的弹簧门。一堆黑东西蜷缩在门下哼哼唧唧地呻吟。

“这么大风，怎么让她在外面？”她说。

“娜丽，喂，娜丽，”汉子俯下身在女人耳边大声说，“你看医生来了。”

“扶她进来。”央娜命令道。

他把女人抱起来。

“你是在抱盐巴口袋吗？”央娜推开他，抬起娜丽的一只胳臂勾在自己的脖子上，小心翼翼地扶着，然后把她安置在候产室的床上。

林玲早已取出了听诊器和量压表。今晚有事做了，她很兴奋。

央娜摊开了临产记录单。这个时候林玲得听央娜的，她虽然比央娜大一岁，但央娜从军龄到级别都比她高一些。

央娜向那汉子询问女人的身体状况、病史和阵痛时间。他紧张慌乱地告诉央娜：他妻子怎么好，这是头一胎，他们从遥远的草原牧场来拉萨朝佛，去了寺庙，求菩萨保佑她平安地生出孩子，他叫科迪，他家有七十只羊。

“他说些什么？”林玲问。她听不懂一句藏话。

“他昏了头。他说他家有七十只羊。”

“怎么，他家的母羊也要生了？”

“他还说他叫科迪。”

“什么意思？”

“科迪，是陶器。”

“哼，真逗。”

“他神经太紧张。”

“最好给他灌点乙醚，到时分娩他准闹事。”

“不会。乡下人很听话，老实。”

“也许，可我有预感。”

科迪听不懂一句汉语，迷惘地看着这两个穿白大褂的年轻的女兵。显然他对央娜更怀有信任感，因为她会说他家乡话。

央娜让科迪坐在外面走廊的长条椅上等着。

“就要生了吗？”他问。

她解释说先要进行产前检查。

“你可以去看电视，就在隔壁。”林玲告诉他。

他探询的目光转向央娜。

“得了，他这会儿哪有心思看那些叽里呱啦的节目。”央娜说。

她对科迪挥挥手。他很听话地退出门，末了还伸长脖子，眼光掠过央娜的肩头，朝妻子关切地望了一眼。

门关上了。

“相声完了是什么？”央娜边做记录边问。

“东方歌舞团演出。”

“心跳？”

“九十。”

“血压？”

“马上，我想看印度舞，大概有。血压是一百三十九。”

“科迪！我疼啊。”娜丽两手紧紧揪住床单，脑袋痛苦地摆动。

她俩做完了检查，填完了入院病历记录单和候产记录。从产妇宫颈扩张和宫缩间隔时间看，估计一个小时以后就可以送上接生台。

林玲开门，科迪像被人推了一把似的跌倒。原来他一直靠在门上偷听。

“哟，这是干什么？”林玲瞧着扑在她脚下的科迪，好奇地问。

“是给你磕长头呢。”

“是吗，有这一说？真逗！”

科迪咕哝着爬起身，他说地上像抹了油一样滑。他摸摸跌痛的额头，惶惶不安地要重新退出去。

“科迪，你现在可以进来了。”央娜说。

科迪极其利索地从她身边紧擦着墙壁溜到娜丽身边跪下。小两口就像久别后的重逢那么亲热，科迪没忘记随时抬眼望一下央娜，注意医生的反应。

“娜丽，现在不疼了吧？医生给你看过病了。”科迪说着，又看了央娜一眼。

“娜丽很快要生个胖娃娃了。”央娜说。

科迪乐了。科迪从宽大的皮袍怀里掏出一块毛巾给娜丽擦了擦汗津津的脸。掏出一块干奶酪塞进自己嘴里，掏出一小皮口袋糌粑放在床底下。掏出两件破衣服盖在皮口袋上。掏一个黄色小木碗，拇指伸进碗口里擦了一圈。掏出一只五磅热水瓶，拧开盖，往碗里倒了点清茶，向娜丽嘴边送去。

“他是在变魔术吗？”林玲问。

“牧人的皮袍就是一座小仓库，半个家都可以装在里面。”央娜说。

科迪想知道娜丽是生男孩还是女孩。央娜告诉他，现在无法检查，反正过一会儿一条小生命就要出世了。他说希望是个男孩。

“你问他将来孩子长大后干啥。”林玲说。

“放羊。”科迪说。

“他说放羊。”央娜翻译给林玲。

“放羊？这没什么可浪漫的。我有个表姐，知青上山下乡那年，‘蓝蓝的天上白云飘，白云下面马儿跑’，她就是唱着这首歌扒上火车去了内蒙古。结果呢，后来的事我可清楚。”

“拉萨好吗？”央娜问科迪。

他想了想，说不好。他说和娜丽到拉萨后头发昏，弄不清方向，汽车横冲直撞。他不明白那些拉萨人过马路怎么会像过节或去做客一样，不慌不忙，汽车都让着他们。他和娜丽手拉手，掌心冒出汗，看准了两边没什么车，飞快地正要穿过，不知从哪儿冒出一辆汽车，他们站在路中间，搞不清是应该往前呢还是退回去，惹得司机冲他们破口大骂。

“那是你们不懂交通规则。”央娜说。

还有，科迪继续说，拉萨的狗也怪，见穿羊皮袍的乡下人就咬，对那些穿汉服的拉萨人却伸舌摇尾。它们都不认老祖宗传下的衣服了。

“听见了吗？”央娜对林玲说，“我们拉萨的狗都不认自己的同胞了，专咬穿羊皮袍的。”

“我原来以为草原男人都是高大彪悍的汉子。”林玲说。

接生开始了。娜丽全身痉挛，“啊啊”地尖叫，虽然双腿被皮带固定住，但上身拼命挣扎，双手乱舞。林玲用上半身死命压住这个大力气的产妇。林玲的眼泪都快流出来了。

“科迪！你在哪儿？疼——死了。”娜丽鼓足了劲尖叫。

产房门没有插销，科迪一头撞进来扑到娜丽身上，接着手忙脚乱地又是搂她肩膀，又是抬高她的臀部。

“怎么样，我说得不错吧？早就该给他灌点乙醚。”林玲得意地说，随即又咬紧牙，使劲压住娜丽。

“林玲，把他赶走！”央娜叫道。

“他会把我骨头捏碎的。”她小声说。

“这里不许外人进来，听见了吗？”央娜抄起手术钳面对着科迪。

“娜丽要死了。”科迪哭喊着，在她俩面前竖起了拇指哀求。

“娜丽不会死，娜丽要做妈妈了。”央娜用头把他顶了出去。

“我真担心他会把你甩出去。”林玲说。

“娜丽，别紧张。鼓气。好，忍着点……这胎儿的头真不小。”

科迪不知什么时候又不吭声地钻了进来，任凭央娜怎样训斥他，叫他出去，他只是稍稍向后挪了两步，稍不留神又挨到妻子身边。

“就让他待这儿吧，”林玲说，“喂，汉子，请帮我压住。”

“好吧，科迪，你好好抱住娜丽，别让她动。这就快了。唉，这是违反手术规定的。”

在孩子出世的一瞬间，科迪吓跑了，跑到走廊尽头远远地站住。林玲剪断了脐带。央娜提起只小小的胳膊，是个男孩。林玲接过婴儿抱到婴儿室做体格检查，包扎护理。央娜把娜丽安排在二号病房。

“孩子呢？”科迪从走廊迎来，东张西望。

不一会儿，林玲把裹好的婴儿抱进了病房，让娜丽看，娜丽凑过嘴吻了吻孩子。她哭了。

“还真胖，体重三千六百克。”林玲说。

林玲把婴儿又抱到科迪眼前。

“你可以摸摸他。”央娜说。

他伸了几次手都下不了决心，最后舔舔嘴唇，摸了下孩子的脸，他像触电般浑身一颤，退了几步。

“呀呀呀！”他终于喊起来。

“嘘，小声点，半夜了。”央娜警告他。

“呀呀呀！”他压低了嗓门，“真的，真的，他还动呢。”

他忽然想起什么，一下抱住了央娜的头，跟这位穿白褂戴军帽的年轻女兵贴了一下脸。

“哟，这什么意思？”林玲不明白。

“你没见过欧洲人的礼节吗？”央娜贴着他脸，乜起眼对她说。

“他难道留过学？”

“你根本不懂我们藏族。”

科迪松开央娜，转身又要去抱林玲。

林玲连连后退，只得双手抱起婴儿挡住来者。

“这怎么行？”林玲脸红了。

央娜笑着对科迪说了句什么，他伸手摸了摸林玲头上的五星帽徽。

“他说什么？”林玲问。

“他说愿你头上的红星保佑你。”

“哦，他真好。”

央娜告诉科迪，孩子必须放在婴儿室里，经过观察一切正常后，第二天才可以和母亲一块儿出院。

“他睡什么地方？”他捂着脑门问。

“婴儿室。”

“很远吗？”

“很近。”

“他要是饿了……要是……害怕。”

央娜告诉他新生婴儿出生后十二小时内不用喂奶，更不懂什么害怕。她们会护理好他。

“我能不能去那儿跟儿子一起睡？”他问。

“那床小了点，连你一个脑袋都放不下。”

“他找厕所吗？”林玲问她。

“他想今晚睡在婴儿床上。”

“哦。上帝！”她翻翻白眼。

为了让科迪放心，央娜把他带到婴儿室玻璃探视窗前。

“你问他想睡第几张床。”林玲说。

“别开玩笑。”

科迪依依不舍地看了儿子一眼，他还是不敢摸。他回病房照料娜丽去了。

“师政委的儿子和牧羊人的儿子今晚睡在一起。”

“科迪的孩子长大后也许也能当专家，或者飞行员。”

“嘿，你太天真了，我的宝贝。”林玲冷笑道。

央娜去病房检查了一下娜丽的情况，简单地讲述了一下出院后产妇应注意的事项以及对婴儿的护理常识。她指着娜丽旁边的空床对科迪说今晚可以睡这张床。科迪说他蹲在娜丽边上就行了。

“我们这儿是部队医院，对乡下来的农牧民一律免费，住宿一晚收两元。如果没钱，我跟领导讲一声就行了。你放心睡吧。”

科迪眨眨眼。

她回到值班室门口，朝对面一看，发现林玲还站在婴儿室一排摇篮前，纹丝不动地注视着两个婴儿。

“你想给牧人的孩子算命？”央娜问，“你永远算不出来。”

林玲猛地跳转身，她被悄悄走到身后的央娜吓了一跳。

“怎么，你怎么脸红了？”

“是吗？”林玲摸摸脸颊，“连我自己也不知道在想什么。”

“休息吧，你想得太多了。”她把林玲拉进值班室。林玲把填好的新生婴儿记录表给她看了看。她存入档后，说：“快一点，咱们休息吧。”

“婴儿体温有些偏低。”

“过两个小时我再量一下。”

“还是把他放进恒温箱里。”

“好吧。”央娜说。

过了会儿，央娜和林玲终于在床上躺了下来。但不到十分钟林玲又跑了出去，对着走廊边的痰盂呕吐一阵。

“你病了吗？林玲。”央娜问。

“不，是刚才她身上的味，我实在受不了。”

“你真好，林玲。你一直没松手。”

“娜丽脸上的皮肤很粗，我明天送她一瓶珍珠霜。”

“你送她一双鞋比什么都好。”

“是吗？这么冷的天她竟打着赤脚。刚才科迪干吗要抱你？这里面有什么讲究？”

“我困了，明儿再告诉你。”

不到半小时，央娜迷迷糊糊被林玲的声音吵醒。

“站住，科迪。”她喊道。

央娜掀开被子跑出值班室。

科迪垂头丧气地跟在林玲后面。

“我抓了个非法越境者，”她得意地说，“你告诉他，婴儿室不能随便乱进。”

“科迪。”央娜责备道。

“我只是想再来摸他一下。”科迪说。

“回去吧，明天，你就可以带着儿子回家乡，天天在一起。”

“我的儿子……”他嘟哝道。

“他太爱孩子了。”她俩回到值班室，央娜说。

“命运……”

“什么？”

“啊。没什么。”林玲从恍惚中醒来。

“今晚你眼睛怎么这么亮？你好像很兴奋。”

“是吗？你胡说！”

“你怎么啦？”

“没怎么，对不起。真的没什么。睡吧，亲爱的。”

“睡。”

早上六点半，她俩准时起床。央娜拉开门，发现门把上系着两条哈达，她猜想是科迪悄悄送给她们的。

央娜推开二号病房的门，里面空了。娜丽睡过的床收拾得整整齐齐，只是他们不会叠军队里的四方被。床头上放了一张十元的人民币。

林玲走进来，悄声说：“你跟我来。”

她俩走进婴儿室，央娜不解地望着林玲。

林玲打开恒温箱盖。央娜明白了。

“你怎么不把门锁好！”她尖叫道。

“这儿从来就没有一把锁。”林玲说。

科迪在黑暗中把孩子抱错了。他的孩子还在恒温箱里熟睡。他抱走了魏政委的孩子。

霎时间，央娜仿佛看见一个汉族高级军官的儿子穿着羊皮袍，赤着双脚，挥舞羊鞭，吹着口哨……在遥远的草原和牧人的孩子一样放羊。他和牧人一样听不懂汉话，没见过机场大厅和地铁。他将永远在草原上生活，像科迪那样娶一个善良能干的牧女，并深深爱着她。偶尔进一次城会感到头昏脑涨……

“这老兄，他顺手抄起一个就走。”林玲说。

“孩子。”

“这也许是，上帝的安排。”林玲手一摊，闭上了眼。

谜样的黄昏

白吉骑着自行车在巴尔廓小巷里穿行。她爱把车座拔得很高，显出一副赛车运动员的帅劲儿。中午，人们倦睡了，一些哈巴狗躲在阴凉的大门旁，有了动静只是懒洋洋地抬起眼皮。电线杆上，几只麻雀的吱吱声不时打破寂静，藏式楼房窗户阳台上的玫瑰花、海棠花也被火辣辣的阳光晒蔫了。比起北京灼烫的柏油马路，有冷气设备的商场，幽静的公园，喧闹的游泳池，白吉更喜欢在家乡的小巷里穿行。

穿出小巷，有一块空地，靠墙搭着几个帐篷，旁边堆着草料，停放着几辆马车，一群乡下人躲在阴凉处喝酒。一个穿鸡心领短袖衫的小伙子在跟一群孩子踢足球。他灵巧地控制着球，脚法优美、娴熟，在孩子们的包围中一马当先，谁也挡不住他。他是白吉小时候的邻居，叫格列，两年前白吉家搬进新居后就再也没见着他。也许是阳光晃眼，他望着她的时候，好像在做怪脸。他将球往孩子们中间一踢，走过来。

"中午没事，跟孩子们闹着玩。"

"我回来度暑假，北京太热。"

"度暑假，"他玩味着这词，"我在体委。北京的太阳没这儿毒，我知道。"

"你去过？"

"没有，但我肯定要去的。你知道贝利吗？"

“他是谁？”

“踢足球的。他很厉害。”他说话的时候，脸上毫无表情地时而看看白吉，时而又心不在焉地回头看孩子们踢足球。

好像没什么话可说，她骑车走了。

上小学时格列经常像强盗似的从小巷里钻出来截住她，揪着她的小辫从她身上搜出几颗水果糖或是两块干奶酪，并警告她下次多带点，然后扬长而去。不过在学校有谁欺负她，他也会挺身而出保护他的小邻居。不知为什么，格列后来没有上中学，整天在社会上混，有时还带些女孩到家里。以后，白吉家落实了政策，搬进一幢漂亮的小楼里，父亲说这是他们过去的家。白吉从此告别了大杂院里的孩子们。

白吉来到丹真群佩家，他是白吉高中时的同学，还是班长，那时他在各方面都很出众。一年不见，他已长成一个漂亮持重的青年，戴上了眼镜。白吉在北京一直和他通信。

丹真群佩的父亲是个高干，他在父亲下属的一个机关当秘书，他办事稳重、干练，生活很有规律。由于家庭对他要求严格，社会上的青年所特有的嗜好如喝酒、抽烟、坐甜茶馆穷聊天他一样也不沾。机关的领导和同事都说他是个正派的好青年，他父亲为此也很满意。白吉在丹真群佩家谈起高中毕业后各自的一些情况，重温起幼稚可笑的中学时代。丹真群佩告诉她自己正在学英语，请她回北京后代买几盘英语磁带。他俩聊了一个多小时。后来，丹真群佩的父亲开会回来，他是个神气而又自负的老头，见儿子和一个漂亮的姑娘坐在一起，十分惊讶。白吉惶惶不安地欠起身，老头不自然地点头笑笑，走进自己的房间。分手时，丹真群佩邀请她星期天一定来家玩。

暑假结束时，白吉忙着回北京上学，走之前去了丹真群佩家一趟，她发现他的父亲不像第一次那么严厉。他让儿子给她递糖倒茶，还坐在沙发上跟她聊了一会儿，他的鼻子不时发出几声浊重的满意的哼哼声。

在飞机上，白吉漫不经心地翻阅画报，当她看见一张阿根廷队和法国队足球赛的彩色照片时，心里闪了一下格列的形象，一晃而过。她望着舷窗外银色的机翼，一边回顾在拉萨愉快而短暂的暑假生活，一些莫名其妙的东西又浮现在她脑海里，她想起童年时家里养着一只黑猫，它一刻也不肯安静，总那么紧张，怀着恶意地注视着周围每一样晃动的东西，滚在地上的毛线团、被风吹起的纸片、主人脚下散开的鞋带。有一次她躺在床上看小人书，一只手下意识地拍打着床沿，也被它盯准了扑过来狠狠地抓了一把。不知怎的，那只猫的眼睛、爪子，或者是几根胡须，不时地在她脑子里闪现。

“我不太想去，你去吗？”丹真群佩说。

“当然。最好你陪我。”白吉说。

“那……好吧。”

第二年放暑假回来，一天，白吉拉着丹真群佩去参加一个女同学的婚礼。离开家时，父母叮嘱她别玩得太晚了。她是家中的独苗，掌上明珠。她家是世袭了五代的名门贵族，这几年落实政策，补了钱，所以她尽可以每年花好几百块钱从北京回拉萨来避暑。

白吉发现，新娘那件华丽、宽松的裙袍已掩饰不住她微微隆起的腹部，也许所有的来宾都已看见而只是装作不知道罢了。

格列坐在角落里负责操纵一台立体声录音机，桌上散乱着一大堆原声录音带，这是为婚礼的舞会准备的。白吉不小心踩了他的脚才发现他。

“我想你会来，”他说，“我很忙，他们把录音带搞混了，得赶紧理出来。”

“你好！我们未来的贝利。”她已经知道贝利是怎样的一个球星了。

“贝利？见他的鬼吧。你还不知道？”他问，“我现在做木匠活，能赚很多钱。”

“噢，是啦，踢足球很危险。”

“我才不在乎，是他们不重视我。今年去青岛参加全国青年足球赛，让一个刚来两个月的后卫把我挤了下来。真是先长的耳朵不如后生的犄角。”

“犄角后生，可比先长的耳朵坚硬，不是吗？”她笑着说。

舞会开始，年轻人肆无忌惮地乱扭起来，丹真群佩皱起眉头对她说：“这种场合风气不正，不是我们应该来的地方。”白吉跟着点点头，可她实在喜欢跳舞。再说，他答应了要送她回家的。

白吉跳得很狂热，乌黑披散的长发前后甩来甩去，把其余的人都看呆了。

休息时，白吉气喘吁吁坐到一直默默守在录音机旁的格列身边。

“真累！你为什么不去跳，要我教你吗？”

“我曾经不停地扭过四个小时，”他庄重地告诉她，“你行吗？”

“啧啧！”她摇摇头，“后来呢？”

“在腰上贴了四片止痛膏。”

“嗯，再后来呢？”

“再，再不跳了。”他说，“我最喜欢听《蓝色多瑙河》，过一会儿我就放。”

“他们不会喜欢的。”她小声告诉他。

“我才不管！”

白吉也没兴趣再去跳舞了，格列很认真地对她说，他写了一本书，一个藏族人的奋斗。白吉笑了，她还记得小时候，他经常拿着不及格的成绩单倚在大门外面不敢回家，一边吹着口哨，一边琢磨怎样悄悄地把糟糕的分数改一改。

“你是怎么写的？”她嘲笑地问。

“我用双手写，谁也没这样写过。”

“我才不信。”

“我用双手写。”他一本正经地坚持道。

白吉困惑地看看他，不屑一顾地耸耸鼻子，她不想听他胡扯。

“真可怜。”格列的目光扫在白吉背后正给客人们频频敬酒的新娘身上。

“谁？”

“什么？”

“我说你又想什么？”

“噢，我想……人就是这样子。你来吧，明天我给你看看我写的书。”

深夜十二点，白吉和丹真群佩离开了进入高潮的婚礼。她被多灌了几杯青稞酒，其中还有红葡萄和竹叶青。她步履蹒跚，沉重的脑袋总是碰着丹真群佩的肩膀。他不时关切地问她是不是很难受，是不是想呕吐。她摇摇头，紧挨着他。盛夏之夜，徐风微暖，乡下来朝佛的人们解开宽大的衣袍挤睡在大昭寺门边的石板地上。一只无人敢碰的神羊在唐碑下悠然闲转。夜晚是狗的世界，墙根旁，街道边，路灯下一群群窜来窜去，有时互相撕咬着。在一片闹哄哄的狗的吠叫中，隐约传来婚礼舞会的音乐声。她似乎听见了《蓝色多瑙河》那悠远的旋律。

“他们要折腾一晚上呢。”他说。

“你们机关大院也太冷清了。”

“国家干部哪能像老百姓一样。”

“你平时晚上干些啥？”

“看报，看文件。”他想了想，“也看看电视。”

“就这些？”停了会儿，她问。

“生活要有规律才行。”

“你对我跳舞很反感吧？”

“这……倒没什么。”

“你不敢说。”

“当然，各有各的爱好。”他含糊地辩解。

他俩心事重重地走着，谁也不想再说话。

假期一晃而过。白吉坐在飞机上感到惬意和舒适。临走时，丹真群佩扶着鼻梁上的眼镜，怯生生地向她表露了爱情。他那神气的父亲也很喜欢她常去做客。只是白吉还没跟自己父母讲，她想回到北京后写信告诉他们。白吉闭上眼回味起自己第一次被男子求爱的感觉，虽然有些呆板，有些尴尬，并非她以前所想象的使人快乐地战栗、欣喜地流泪——也许只是小说中才有的，毕竟使她的心怦怦地跳了。然而，每当她沉浸在良好的自我感觉中时，灵魂深处总有一个无情的、真实的声音或幻觉出现，像个该诅咒的魔鬼时时破坏她内心情感的平衡：一只黑猫扑向阳光下的飞蝶，立刻，黑猫又融化在一片绿色中，看不见它的形状和动作，只有两只黄色的眼睛，在短暂飘忽的阳光中，发出金属般的闪光。

丰田越野小车在大路上奔驰，拖着一条长长的飞扬的尘土。丹真群佩的父亲坐在前排抱着氧气袋，白吉和丹真群佩坐在后排。事情很凑巧，当白吉第三次放暑假回拉萨时，正和从北京开会回来的丹真群佩的父亲同乘一班飞机。丹真群佩乘父亲的专车去机场接的他们。在汽车里，当白吉忍不住伸手抚摸他的脸颊时，丹真群佩总是提心吊胆地望着前面的后视镜，生怕被父亲看见。

一个晴朗的下午，白吉一人在家补习英语，父亲被社会科学院请去编写西藏政教史，母亲去离拉萨一百多公里的一个山庄洗温泉。她盼着太阳早点落山，丹真群佩下班后就会和她在一起。

门铃响了。她穿过客厅，迈下台阶来到院里，打开门。一个年轻人身边停一辆摩托，他腰上斜挎工具箱，嘴里叼着烟。

“格列，是你呀。”

“来给你家修电话。”格列打量着这幢小楼。

“进来吧。”

她把格列请进客厅，给他倒上一杯酥油茶。

“这儿挺安静的。”他皱起眉头说。

“就我一人在家。”

“我在电话局。你明年该毕业了。”

“是的。”她说，“你已经换了三次工作。”

“五次。”他纠正道。

“什么时候才算完？”

“不知道。什么都试试，要不，怎么会成功。人和人不一样。”

白吉发现他很懂规矩地将烟灰弹进茶几上的烟灰缸里。

“咱们干活吧。”他站起来，“电话在哪儿？”

她指指三角矮桌上的白色电话。墙上挂着一本号码簿。他走过去，发现矮桌的玻璃板下压着一张白吉自己记的一些常用电话号码，他低下头蛮有兴趣地看了一会儿。

“这些人我都认识，我常去他们家修电话。”他说，“这电话机的颜色不错。”

他熟练地抓起听筒放在耳边，拍拍叉簧，又转动拨号盘，最后拧开听筒下端的送话盖看了看。

“小毛病。你看，这根弹簧片没接触上，”他说，“其实，你自己就可以修好。”

“我也可以不修。”她挑衅地说。他总是那么盛气凌人。

“这也没关系。”他满不在乎地回答。

他用螺丝刀在簧片上拨了几下，将塑料盖重新拧好后，拨了个号码，立刻就听见了嘟——嘟——的回铃声，他不知给谁打起电话来：

“喂！饶杰顿珠吗？是我，格列。没事。你在干啥？什么，拉肚子。算你倒霉，好，再见。”他放好电话，回过头对白吉说：“好了。”

“谢谢。”她端过茶来递给他。

后来，白吉和他在她家屋后的花园里边走边随便聊着，东一句西一句扯些毫无意思的话题。格列不知怎么兴致勃勃地说起了他很快要去印度，他有个亲戚在那边做大买卖。

“我想去印度洋边。你知道，我们藏族很少有人能看到大海。”他说。

“我去过北戴河，那就是海边。”

“可你没出过国。”

“你想出国？”

“都是一个太阳照着的地方，都是人住的地方，我为什么不能去看看。我只是想看一眼。”

白吉沉默不语。

忽然，格列把白吉拉到自己怀里说：

“等你毕业后，我们结婚。”

“这不可能。”她挣扎了几下没挣脱，在他怀里说。

“很有可能。”

“我跟丹真群佩好了。”

“他是谁？”他放开她问道。

“我的同学。我答应他了。”

“是去年在婚礼上跟你一块儿来的？我讨厌他。”

“他比你强一百倍，他有头脑，有文化，有理想，有前途，有……”她再也想不出什么词了。

“我记得他家电话是红的。”他若有所思地望着远方，“这种人没意思。”

“你呢，你有意思，流浪汉似的这儿干干，那儿试试。结果一事无成。”

“我也没闲着。”

“对啦，还写过书。大概早让老鼠啃光了。真的，我倒想读一读。”

“你当然应该读！”他吼了一句，仿佛这是天经地义的事。

白吉吓得伸出舌头。

格列走后，她半躺在沙发上，浑身软绵绵的。丹真群佩只是胆怯地抚摸过她的手。但是格列……这个吃了豹子胆的家伙！

临走的前几天，白吉去一个女友家告别，在路上又碰见格列，他骑着摩托问她要不要搭车，她摇头拒绝了。

“你应该读一读我写的书。没关系，明年你就毕业了。”他淡淡地说。

“我不想读了。”她忧郁地说。

他好像没听见，一拧油门，双道排气管吐出一股青烟。

也许……格列说的书不是用油墨印在纸张上的那种书。“我用双手写……”白吉懒洋洋地猜测。谁知道呢，管他的。

第四年，白吉毕业了，带回一大堆行李，都是在北京买的时髦货。她被分配在拉萨的一个科技单位。这时，丹真群佩早已入了党，被提升为科长，他年轻有为，工作上大大小小的事务处理得有条不紊，对白吉更是百般温柔。等到二十世纪八十年代第一个藏历年过后，他俩就要在神圣的法律的名义下结为夫妻了。

时间并不是匆匆离去，也不是缓缓移动，而是悄然无声地、庄重地从今天走向明天。

一个星期六的下午，白吉迷迷糊糊睡了一阵，醒来后已是吃晚饭的时间了。她一点也不感到饿。丹真群佩在党校学习，每星期六回来，再有几天就该结业了。白吉一想到他今天该回来，便起身准备收拾房子。她看了看，又没什么可收拾的，一切都那么干净、整洁，她打量着铺在双人床上的高级羊毛长垫、漂亮的藏柜、十六英寸的日立彩色电视机……剩下的就是等待，等待着丹真群佩回家。等待隆重的婚礼。挂在脖子上的哈达。象征吉祥幸福的插着五色彩箭的如意麦穗斗。去内地度蜜月。做妻子。当母亲……

她一阵轻松自在，还有两三个小时丹真群佩就要回来了。为了消磨这段时间，她哼起歌，骑上自行车去街上遛起来。她没有目的，没有方向，一切全凭本能的驱使。她不知道为什么一下变得兴奋起来，充满从未有过的激动。

在一条林荫道边，她碰见了当年的新娘和新郎，男的在法院当书记员，结婚四个月就做了八斤重的儿子的父亲。他俩吃过晚饭牵着儿子在散步，他们对她即将到来的幸福表示祝福。接着又聊起了拉萨最近放映的电影、牛肉价格、工资补贴。最后，那位书记员告诉白吉说格列偷学开车从山上翻下来，汽车摔得四分五裂，幸好车上只有他一人，幸好他被甩了出去，只是右臂骨折，被法院判了一年徒刑，最近刑期该满了。他在里面表现还不错。他是个无赖，是个流浪汉，谁也猜不透他究竟想干啥，他们照例把格列骂了一通。

太阳已经落山，天空还残留着一抹黑云，干燥的黄风从山谷里刮来，路边被翻耕的田野泛着乌黑的油亮，北面半山腰上耸立着寺庙的断壁残垣。白吉不知道自己向什么地方驰去，她骑着车走在郊外的公路上。忽然，有两声猫叫，她以为是错觉。她四处巡视，看见路边的电线杆下蹲着一只黑猫，和她小时候养的猫一个模样。大概所有的猫长得都一样吧。她想。那只猫的一对黄色的亮眼忽闪忽闪，她感到一种莫名其妙的激动。她从车上下来，蹲在地上和它对视了一会儿，几个骑车的工人从她身后走过，疑惑不解地回头望了她几眼。她伸出手轻声唤它：

“咪咪，过来，过来呀。”

黑猫像是通人性，意味深长地看了她一眼，抬起头朝天上叫了两声，然后不慌不忙地竖起尾巴沿着沟走远了。她怔怔地站了一会儿，接着重新骑上车。

她机械地、盲目地一直沿着笔直的柏油路往前驰去，她知道这样一直往前会通到什么地方，但她又不去想它。一切都像是在梦中，从山脚伸展下来的大片的工厂区在淡淡的夜幕中发出星星点点的闪光。一辆北京牌小车倏地超过了她。她像是明白了什么，又什么都不明白，她忽然莫名其妙地哭了。

柏油路终于到了尽头，前方是一条坑坑洼洼的土路，顺着山脚绕到山背后，她艰难地翻过一个起伏的高坡。四周很静，一个人也没有，突然她变得十分清醒。

她远远地看见了格列，他提着一个破旧的帆布包低着头沿着这条路向她这边走来，嘴上叼着半截熄了火的香烟。

他看见了她，停住脚步，把提包往地上一放，掏出火柴点着了烟。

“我才知道。放出来了？”白吉气喘吁吁疲惫不堪地来到他面前说。

“刑满了。运气不好，怎么也搭不上车。”

“这一路上根本就没什么车。”

“我估计晚上十二点才走得到家。”

“我也不知道我怎么就……来了。”她低下头喃喃地说。

格列望着西边最后一抹暗色的红光，低声说：“在里面，真寂寞，每到十五号探监的日子，我都扒着铁窗等你。人很多，我怕错过了你。”

片刻，他问：

“白吉，你知道什么是飞碟？”

“它是不明飞行物。”她干巴巴地仰头回答。

“那是个很有意思的东西。”他看了她一眼。

丹真群佩一个当医生的朋友把白吉在黄昏里消失的行为解释为精神性人格异常的病态表现后，他按期举行了婚礼。新娘是一位身体柔软的舞蹈演员。丹真群佩很注意影响，婚礼没有在父亲和自己工作的机关大院里举行，而是安排在新娘家的一个普通单位里。只来了二三十辆小轿车和一些面包车，那是父亲的同事们，还有一群行为规矩的年轻人。婚礼没有搞铺张浪费，更没有办什么舞会，只是新房柜子上堆着小山似的主人无法回绝的高级礼品，客人们齐声说这只是为了稍稍表示一下心意。

同一个晚上，在巴尔廓狭窄小巷的一家屋里，格列遵从了白吉所要求的日期，由于停电，在烛光下举行了婚礼。他们没告诉任何人，唯一的客人是格列的母亲和一只小哈巴狗。格列和白吉默默地献了哈达，互敬了一杯淡淡的青稞酒，母亲躲进厨房里悄悄地擦拭着眼泪。他俩捧起对方的脸，深情地唤道：

"白吉啦！"

"格列啦！"

白吉将脸埋进了丈夫怀里。

时间把所有都变成了历史，人人都在生活。大昭寺里的香火佛灯昼夜不熄。自由市场兴旺繁华。大街小巷的野狗在一次清除城市"脏、乱、差"的运动中遭到了空前的横扫。城市正盖起一幢幢三层楼房，农民开始富裕了，拉萨城里外国游客成群结队而至，到处传闻西藏要涨工资，广播里说不久拉萨将飞波音 707 大型客机。丹真群佩偶尔听到关于格列和白吉的一些零星消息。比如说：格列还在东奔西忙，前不久他在一家建筑公司当起重机手，这家公司因竞争不过从内地蜂拥而来的包工队而生意萧条，他又不干了，白吉每星期天去听文学讲座，有人看见晚上白吉为格列洗好脚，背着他快活地在屋里转一圈再放上床，还有人说他俩闹过三次离婚。他听得最多的是每当黄昏时分，他俩便依偎在楼顶上，静静地凝视远方渐渐隐去的淡淡的昼光。

——像是想从这谜样的黄昏里得到某种神秘的启示，又像是在耐心等待着不明飞行物 UFO 的出现。

没有星光的夜

夜，笼罩着西藏东部地区靠近金沙江的一个康巴人的小村庄。这里被千年不化的蓝色晶莹的雪峰和浓密的杜鹃树丛所环抱。

一轮明月悠然升起，悬在黑魆魆的树梢上。静静的高原之夜，极深的苍穹中没有半点云彩与星光。山峰、河流、树林和村庄，在皎洁的月光下，显得溟蒙幽远。夜风轻轻拂过原野。

阿格布家门前一块空旷的草地上燃起了篝火，青冈木柴噼噼叭叭地爆响着，熊熊的火焰腾空而起。人们把大坛的酒摆了出来。村子里的男人和女人们，乘着酒兴围着篝火拉起了舞圈，在月光和火光的交映下，跳起了他们祖先延续下来的粗犷而又单调的舞蹈。

今晚是阿格布和他女人康珠结婚十周年的日子。十年前的今夜，年轻美丽的康珠姑娘迈着倔强而自信的脚步，勇敢地跨进了阿格布的帐房。他俩从小在一条小河里洗澡，在一个羊群堆里长大。后来，阿格布成了村子里文武双全的第一条好汉。他去拉萨当过兵，入了党，还到内地出过一次差，是村里唯一见过世面的人。

为今天这个日子，阿格布夫妇酿了十几坛酒。他俩这一年秋后打下的粮食在后院堆成了金山。两口子商量好了，等冬闲时挺起胸膛去拉萨买山南的马鞍、拉萨的红玛瑙装饰品、内地的绸缎，还要买很多很多东西。

康珠三十岁了，但仍是村里没人能比的美人儿，脸上光生生、白嫩嫩的，乳房毫不羞怯地倔强地耸立着。这会儿她喝多了点儿，笑眼蒙眬。女人在微醉时格外迷人。和大家手拉手跳舞时，她一直偎在丈夫身旁，不时地抽出一只手在丈夫脸颊上亲昵地拍拍。

“真好，大哥。真好，不是吗？”

“真好！”丈夫俯下身吻吻她美丽的额头。

跳舞的人们，随着越烧越旺的火焰更加狂欢起来。男人们宽大的长袍像大鹏展翅，女人们飘垂的长袖像柳枝飞舞。歌声里夹杂着口哨声和男女青年兴奋的调笑声。

“挨紧点，我的夜莺。”

“别碰我，你这头公牛！”

“你那熊掌一样的脚怎么老踩我？”

“把你爪子拿开，你总摸我。”

“嘻嘻……”

“哈哈……”

大家唱歌，喝酒，跳舞，调闹……

一阵夜风把火星吹得漫天飞舞，月光下的草地扬起了白色的灰烬。

从夜色里，走过来一个年轻的流浪人。他有二十七八岁，衣衫褴褛，戴一顶肮脏破旧的印度卷边礼帽，长长的辫子盘扎在礼帽上，看样子是澜沧江一带的康巴人。他身上什么也没有，引人注目的，是他那双鹰一般闪亮的眼睛和镶银的腰刀。

谁也不认识他。

“喂！流浪人，加入我们的舞圈吧。”有人喊道。

“来吧，有酒。”

“你要是走饿了，这里的主人是不会吝啬的。”

“听我说，”流浪人叉腿站立，声音嘶哑，“打听一个人，格布在这儿吗？”

“这里有一个阿格布。”有人回答。

“大概就是他。”流浪人说。

“阿格布，他要见你。”

“谁？”阿格布从女人亲热的拥抱中转过头来。

“过来吧，”村里人说，“天天和老婆像影子一样黏在一起，还不够你亲热的。”

阿格布笑了。

“你好。”他走到年轻的流浪人面前，“不知从哪儿来、也不知上哪儿去的客人。”

“对，我不知从哪儿来，可我清楚该往哪儿去。你过去叫格布？”流浪人上下打量着他。

“你找我？”

“你父亲是铁匠云登，过去在查雅那边很有名？”

“对，可他早死了。你认识？”

“我累坏了。”流浪人说。

“女人，端酒来。”阿格布说，“喂！小伙子们，看着我做什么？姑娘们，你们跳呀。”

“跳呀！”

“哦哦！”

人们重新跳起舞。

“她是你妻子？”流浪人接过酒问阿格布。

“今晚是我们结婚十年的日子。”他搂着女人的肩膀说。

“长得真漂亮！”流浪人赞叹道。

“这没什么说的。”

“幸福吗？”

“谁？我？当然！”

“啊，你就是格布。你知道我找了你多久？”

“为什么要找我？”

“十年！”流浪人张开手掌翻了翻，“从你尝到幸福滋味的那年起。”

“你？！……女人，你去吧，和大家一起玩去。”阿格布拍拍女人的头说。

“他是谁？”她问。

“不知道。他可能要给我讲一个故事。”阿格布似乎明白了什么。

“你真聪明，格布。”流浪人说。

“我当然也该听听，”女人说，“我的男人每天晚上都在枕边给我讲一个。不是吗，大哥？”

“昨天晚上我就没讲。”

“那是我往后院运了一天粮食，太累了，才没让你讲。”她分辩道。

“大姐，还是听丈夫的话，和大家去跳舞吧，我讲的是一个古老的故事。”

“女人，别扯住我的衣服。去，听话，要不……”他高高举起手掌，吓唬着做出要砍她的样子。

“难道我不是你妻子吗，妻子能跟丈夫分开吗？”康珠似乎也明白了什么，她边说边迈开脚，“好吧，如果你已经不爱我的话，哼！我知道，我知道你们要干什么。喂，需要我的时候喊一声。”

“再喝一碗？”阿格布问流浪人。

“哦，行了，这会儿我已经有劲了。”

“往哪儿？”

“我看……那边很好。”流浪人指了指黑魆魆的一片树林。

“……后来，我长到十七岁，妈妈就告诉了我这件事。”流浪人说。

他俩在树林里一片空旷的草地上，站了一个多时辰。这是一块宁静的地方，月亮在他们头上、肩上洒下一层寒冷的青光。远处，村里人们的狂欢声隐隐约约飘过来，草叶上和颤抖的野花瓣上滚动着晶莹透亮的露珠。流浪人讲完了那个古老的故事。

“哦！”阿格布拍拍脑瓜，“想起来了，父亲死以前讲过，为你父亲的马钉掌，马踢了他一脚，他在马屁股上砍了一刀。那时候的人们，脾气都像野马一样火暴，是不？为这点小事两人就动了刀。这么说，你是来为父亲报仇的。”

“我到底找到了你。十年。你看，我什么都光了，身上只有父亲给我留下的报仇的刀。”

“要是……今天你又死在我的刀下呢？”

“嘿嘿！我的儿子长大后再来找你，你要死了，就找你儿子。我们康巴人的传统你也知道！”

“一代一代，打不完的冤家。”他望着远方深邃的夜，“不，我不想伤害你。和我拼刀子，你要吃亏的，去再找个朋友来。”

“哦呀！你想激怒我！”流浪人发怒了，他拔出刀来。康巴人请朋友替自己与仇人决斗，是懦弱的表现。

“流浪人，交个朋友吧。那是旧社会的事，我们现在要好好过日子，太太平平地。我是党员，哦，还当过解放军。”他上前要拉他的手。

“我再说一遍，”流浪人后退一步，“要么拼刀子，要么在我面前跪下。我父亲就因为没有选择后一条路，像一条汉子死在刀下。”

对于康巴人，再没有什么比跪在别人面前更耻辱的了。阿格布鼻子哼哼地拔刀出鞘，但又插了进去。

“我是共产党员……”他呼吸变得粗沉了。

树林里闪出了一条长龙般的火把队伍。喧闹中，人们呼唤着阿格布的名字，其中夹着康珠的喊声。

执火把的人们拥了过来，在草地上站了密密麻麻的一圈，把他俩围在圈子里。人们毫不惊讶。谁不懂得眼前要发生什么事，谁就算不得康巴人。

康珠抽出一把锃亮的长刀，那是在路上从别人手中夺来的。

“他是替朋友还是为亲人报仇？”她问丈夫。

“他父亲过去被我父亲杀了。就是这样。”

“这个故事你可没给我讲过。”她将刀递给他，“拿着，用起来你会顺手的，我试过。”

他接过刀，用拇指在刀口上刮刮，下意识地在检验刀刃是否锋利。突然，他抬腿将刀在膝盖上猛一磕，“当！”钢刀断成两截。

“好汉！”

“哦呀呀！”人群中发出惊叹声。

“现在，该把你的刀抽出来了！”康珠喊道。

心肠慈善的人们劝道：

“亲人们，求求你们，安安静静地生活吧！”

“有政府，天大的事也能解决。别动刀哇！”

阿格布双手垂下了，不声不响，嘴唇在抖动着。

“大哥，”康珠抱住他，“莫非你中了邪？你不会怕的，你是真正的康巴汉子，对吧？你要是倒下，我康珠为你守一辈子寡。”

“喂！舍不得老婆就跪下吧！”流浪人用刀尖划着草地说。

阿格布仰起头来，猛地拔出刀，他眼里闪着被激怒的光芒。人们愤怒了。一个青年跳出来用火把朝流浪人抡去，流浪人毫不在意地挥刀一挡，就将火把削去了一截，火苗滚在了地上。人们推推搡搡，吹口哨、啐唾沫招惹流浪人，但他全然不睬，只盯着阿格布。

“谁再乱叫乱动，我先劈了他！”阿格布跺脚喊道。

人们鸦雀无声地静下来。

“流浪人，留下你的地址回去吧，有一天我会带着吉祥雪白的哈达去到你的家乡。上一代的宿怨，应该由我们结束了，今天我们都是解放了的农奴。”阿格布恳切地说道。

流浪人张了张嘴，最后倔强地摇摇头。

几个年轻人，把钢刀一齐顶在流浪人的背上，嚷道：

“现在没有你后退的地方了，快亮出你的武艺来吧，让我们见识见识！”

阿格布说服不了村里人，更说服不了流浪人。他牙齿咬得格格响，胸脯一起一伏。最后一横心，狠狠地咆哮道：

“我跪！我跪！”他像是患了疟疾，全身剧烈地颤抖着，双腿一弯，朝天高喊，“阿格布是共产党员啊……”

阿格布第一个背叛了村子里千百年来视为生命的传统。他在比他瘦小的一个外乡人面前投降了，全身匍匐在年轻的流浪人脚下。

一瞬间流浪人惊讶得刀从手中落了下来。

人群，像被一个霹雷惊炸开的羊群，姑娘们难过得几乎晕过去，小伙子们愤怒得狂跳起来，老年人痛心疾首。

康珠猛地闭上眼，难过地仰起头，颤颤地吸了口气，两眼滚出了一颗颗泪珠。她一声不响地离开了人群。

“丢脸哪！”

“什么好汉，他是吃父母身上肉的人。”

“佛爷，让我瞎了眼吧。”

人们举刀拥向流浪人。流浪人含笑而立，毫不畏惧地等待着乱刀砍来。

“放他走，他还年轻。”阿格布跳起来，拔刀保护着流浪人。他猫着腰，将刀横在胸前，身上发出了可怕的杀气。这架势，这声音，使人感到从头到脚毛骨悚然。

人们忽然害怕了，纷纷躲开一条道。阿格布收起刀，像个醉汉恍恍惚惚地走进树林里。流浪人扶了扶帽子，也跟了去。

人们默默无语地散了。

“阿格布，你等等。阿格布，你听我说，”流浪人在树林里拦住阿格布说，“你不是那种人，为什么给自己丢脸？你是条好汉，他们不应该这样骂你。这样吧，我给你跪下，咱们再决斗。”

此刻，流浪人对他产生的敬意已淹没了杀父之仇，只是根深蒂固的观念在驱使他固执地要履行古老野蛮的仪式。

“我可以砍倒你，我能！”阿格布坐在石头上激动地说。

流浪人也挨在他身边坐下，等待着……

村里，不知从什么时候起，一个老艺人的胡琴在拉着一首古老悲怆的曲子，叫人心烦意乱。

天上没有一颗星星，只有一轮圆月孤寂地高悬着。

阿格布忘记了一直在他身边的流浪人。他遥望夜空，谁也不知道他在想什么。

“阿格布，大哥，”流浪人悄声说，“听你的话，交个朋友吧。其实，我打生下来就没见过父亲，听妈妈说他是个酒鬼。只是，我们康巴人都这样做，我也是康巴人。唉，我并没有赢，你，才是好汉！”

阿格布慢慢转过头来，紧紧地握住了流浪人的手。

松树和杜鹃林里，两个男人左手大拇指上缠着布条，上面涂着松香油脂，点燃后高高举起，朝着西方跪下。

“我们对佛发誓：阿格布和拉吉从此结为生死朋友，永远像亲兄弟一样，一辈子忘记过去的仇恨。”

阿格布拉着流浪人——拉吉的手，给他讲起他当兵的事情，那里的人怎么有文化，懂许多的事，他入党时，团政委给他讲共产党人要同旧的传统观念实行最彻底的决裂……

拉吉似懂非懂地眨着眼，忽然想起了他的刀，说：

“你等一等，大哥，我的刀还留在刚才那草地上，我取了就回来。”

阿格布等着。突然，有一阵急促的脚步声从很远的地方传进他猎犬一般灵敏的耳朵里。他忙跑过去。

快到那片草地时，他看见一个黑影在晃动。

“喂，拉吉，是你吗？”

“……”

他看清楚了，拉吉全身痉挛地要站起来，可是却一下栽到地上了。那把闪着青光的长刀还直端端扎在地上。他跑过去，想抱起拉吉，但是，他手上摸到了热热的血。

“拉吉，你说话，谁捅的刀？告诉我，谁？”

拉吉躺在地上不再挣扎，只是大口喘着气。

“大哥，别问了，我想安静一下。你是我一直寻找的仇人，也是我第一次结交的朋友。啊！我们的康巴人哪……”

阿格布俯下身，扳住拉吉的肩膀，要把拉吉背起来。但是，拉吉把他推开了。

“别动，我烦。听我把话说完。”他抬手拉散长辫，取下头上的破礼帽甩给他，“要是有一天我的儿子找到你，就交给他。他会知道，我们已经是朋友了。”

“拉吉，谁捅的刀？告诉我！”他大声问道。

拉吉快要死了。有人在他腰上刺了一刀，大概伤了脾脏。但他傲气未消地说。

“替我把脸遮上。我这样子一定难看，别让他们……笑话。”

阿格布取下自己的崭新的礼帽，轻轻盖住拉吉的脸。始终没发出一声呻吟，拉吉在礼帽下面咽了气。

“野蛮！野蛮！”阿格布一腔热血往上涌，他像一头发怒的野兽，围着同伴的尸体疾步走着。

月亮似乎对这不平常的景象也产生了畏惧，更显得凄凉惨白。在草丛里啾啾唧唧鸣叫的秋虫也寂然无声了。一个朦胧的倩影静静地立在月光里，是康珠。死一般静寂的夜分明听得清她轻微的喘息声。她一步步走近阿格布，用那双柔软的手抚摸着他的肩头，随即将她的头埋在他袒露的胸脯上。月光下，她的面庞像新婚之夜一样美丽，犹如初开的一朵野玫瑰。她眼里闪着奇异的光彩。

“他死了。”她松了一口气说。

“他死了。”他迟滞地凝视着她说。

他握住了她一只滑腻腻、黏糊糊的手。

“天哪！你们已经交了朋友了！”她摸到了他左手的被烧焦的大拇指。

“你疯了，阿格布，放开！你要把我的手捏碎了！”

江那边

江面很宽，像湖泊，像海洋，像平原。对岸远山下的村庄隐现在视野中，缥缈，模糊。然而，河滩上那几星绿色的斑点——那是几棵孤独的柳树，把江这边和那边的距离拉近了。

像绸缎一样光滑的流水，一望无边，庄严低沉，无尽无休地流向不为人知的远方。

江这边，一个贫瘠的村庄，七八十户人家。用石头垒成的房子零乱地坐落在山坡上，墙壁贴着牛粪饼，几只鸡在房顶上啼鸣，从雪山流下的一股小溪穿过庄子。村口，一棵古老高大的菩提树，大约是几百年第一个来这里定居的流浪人种下的。每过一些日子，人们就从江那面的供销社买回一些极需要极简单的日用品：糖、茶叶、白布、针线。

早晨。河边，一片细长的沙滩。一个男青年和一个小姑娘正把一只牛皮船推下河。他们相差十多岁。

“带我去，单增哥。”姑娘漫不经心地说。她不知说过多少次，到现在已成为习惯了。

“你还小。”他也习惯地回答。因为她要天天放羊。

“江那面的庄子大吗？”

“大。”

“供销社有头巾吗？”

“有。”

“单增哥。”

“嗯？”

“我要条方块头巾，要绿的好吗？”

“好。”

“别忘了。”

……

庄子里去河对面走亲戚、交换东西的人们这时也聚集在河边。

开船了。

“别忘了，单增哥！”小姑娘双脚浸在水里，远远地高喊。

单增笑了，奋力划起桨。发达的胸脯，结实的双臂，勇敢的船夫。

小姑娘挥动枝条赶着几只山羊慢悠悠爬上了光秃秃的山冈。船在江中心像小黑甲虫，她向它挥挥手，然后，坐在石头上幻想着头巾。家乡是一片灰蒙蒙的黄色，那绿色，多鲜。

孤寂而宁静的牧羊姑娘。

她从小没有父母，庄子里有一个当仓库保管员的独眼老爹抚养着她。像庄子里的女孩子一样，她在牛羊群里悄悄度过了十六个春秋。

也许都是孤儿，单增从小对她就像大哥哥一样好。河边，他独居的低矮的小屋里，夜晚，用蓖麻籽穿成的油灯半明半暗，她常常下巴顶在他膝盖上听他讲故事，永远是那么一个单调而古老的故事：

“……拉姆仙女在森林里等啊，等啊。终于在一个吉祥的阳光普照的一天，他骑着白色的骏马，裹着红色披风来了……”

她趴在他腿上进入了恬静的梦乡。

深夜，他轻轻抱起她，送到独眼老爹那儿。

那时候，庄子里的人们在挥了一天镰刀后，匆匆吃点晚饭，召集开会的大铜锣在庄子里沉闷地响起来，男女老少便挤在一间烟雾腾腾的大房子里，腰酸背疼地听支部书记讲理论，讲形势，一坐半夜。

孔老二，秦始皇，宋江。在他们那个时代，晚上也有书记作报告吗？

她靠在他肩头，发出了香甜的鼾声。

散会后，他背起她回到独眼老爹那儿。

庄子里的生活，就像单增的故事那样古老而又单调，像夜晚的会议一样沉闷而又贫乏。

只有青年人的爱情和青春把古老的生活点缀得年轻了一些。他们躲在麦堆里戏谑，在地里头打玩，在日光下说爱……

他们拉住年轻的船夫问道：在那间低矮的小屋里，什么时候，有一位温柔的姑娘为你打好酥油茶？

像羽毛未丰满的雏鸟，我心上的人还小着呢。他笑吟吟地回答。

啊啧啧，她是谁家的姑娘哟？

什么时候才长大呢？我的小情人。

年轻的船夫还没来得及发现他心中小情人的眼睛已经发亮，胸脯已经隆起，面颊已经红润，一天，独眼老爹坐他的牛皮船从江那面回来，牛毛编织的口袋里鼓鼓囊囊的，老爹那一只小眼因为喝了酒格外发亮，他得意扬扬。

“说好了，嘿嘿！好人家呀。”

“大叔，你好久没有这样笑过。”

“人家全家都是劳力，五头自留畜，他们愿意娶卓玛姑娘，懂吗？连我也过去一起养着。这年头还能怎么样？”

“她要出嫁？”

“当然。哎——这船怎么转起圈儿来了？”

她出嫁了，莫名其妙地哭了一场，因为那是每个姑娘对“出嫁”这个词所理应表示的态度。然而哭过后，她那无邪的脸上毕竟掩饰不住兴奋的愉悦，因为河那边就是她心目中的圣地，因为她在破烂的庄子里待了十七年，因为独眼老爹给她找了户富裕人家。

也许，过去应该常常带她去江那边看看，这回，真的带她过去，永远去了。

这一年，已经有好几个姑娘坐着单增的牛皮船嫁到了江那边。

每当姑娘们出嫁，庄子里的小伙子们便三三两两无言地站在古老的菩提树下，望着坐牛皮船远去的姑娘，他们眼中流露着忧伤、失望、无可奈何。

他们流汗，他们卖力，而姑娘们却远走他乡，这究竟是为什么啊？！

她出嫁了，一切很简单，船上系了条哈达，乘客只有头一回穿一身新衣服的她和独眼老爹，船底堆着他们可怜的一点家产。

一年前他送给她的那块绿色方头巾系在她头上，鲜绿鲜绿。她哼着歌把手伸进水里搅玩。她什么也不懂啊，什么也不懂。

“单增哥，那边晚上像星星一样亮的是电灯吗？”

“嗯。”

“听说是吊在屋里？”

“是。”

“听说地上掉根针也看得见，是吗？”

“老老实实闭上你的嘴吧！”

他火了，脸色可怕，牙齿咬得嘣嘣响。

独眼老爹一只眼狡黠地乜视着他。

她吓坏了。她不明白，什么都不明白。

船靠岸，荒野肃静的河滩，几个陌生人把她和独眼老爹接到一辆马车上，村里离江边还有十来里地，要绕过前面的山弯，赶车人长鞭一挥，马车在松软的沙地里发出了吱吱的声响。她哭了，真正伤心地哭了，扯下绿头巾抽抽搭搭地喊道：

“单增哥哥，常来看我呀！”

年轻的船夫手扶着木桨伫立在沙滩的几棵柳树旁，他眯起眼，沉痛地摇摇头。

“别忘了。”她的声音像一丝微风飘来。

从此，每次船靠岸后，他再也不进那个村子，只是远远地向山冈那边瞟上一眼，然后把桨背在身后，扛起牛皮船沿江走向上游，顺水划回。沙滩上留下两行深深浅浅的脚印。

过了几个月，有一次划船到江对面，她站在那儿等着。

“你坏，不再来看我。”她走到他面前说。

她凌乱的头发在脸上飘来飘去，衣冠不整。绿头巾，他送给她的绿头巾呢？

“你的每一根头发都是他的了。我不能来。”他说。

“他打我，天天喝酒。打得我好疼。”

“这个坏蛋！”他咬牙切齿。

“当初你为什么不娶我？”她压低声音问。

“我有自留畜吗？我有钱吗？脱掉一身破衣服就剩下一层皮。”他嘴巴闭得紧紧的。船上的人都坐好了。

她从怀里摸出一块用卷心菜叶包着的酥油，黄澄澄、软乎乎的。“你们那边酥油少。你瘦了。”

“卓玛，以后，别再来这儿傻等。”

“我真想回去。”她叹了口气。

她以后再也没到岸边来。

过了两年，庄子里的人们不再被强迫到长不出草的山坡上去开垦大寨田。这里有一种很好的黏土，庄子里世世代代的人们本来都是手艺娴熟的土陶匠，他们重操旧活，烧出了大量质地精美的陶罐、酥油茶壶、酿酒坛；人们又从山背后的灌木丛里采来香菇、药材。手工业、副业生产兴旺发展，一时间，沉睡了多年的庄子人声、马嘶、鸡啼、犬吠终日不断。

夜晚，男女青年们聚集在古老的菩提树下烧起篝火，重新跳起几乎被遗忘的堆谐舞蹈①。

情人啊，别人知道也不会说闲话。

---

① 堆谐舞蹈，原为西藏后藏地区的农村圆舞，后演变为规范化了的节奏较强的踢踏舞。

这是改变了贫穷的地方。

只有年轻的船夫在白天把一船船土产运到江那边，换回越来越多的叫人眼花缭乱的日用品。夜里，他坐在江边沙滩上，撑起牛皮船的地方，眼光掠过黑色的江面，眺望山弯里星星点点的灯光。黑色的江面好像滞留了，混沌一片，那么沉重、黯淡。只有在岸边回旋的浪花，反映着生命的流动。月光淡淡，陪伴他的是孤独的影子。

有人给她讲故事吗？她在哪儿？

从江那面过来的人说，她到县上学什么去了。走之前，在渡口那几棵柳树下抱着双膝孤零零坐了一夜，谁也不知道她为什么这样坐了一夜。

只有他知道。

又过了两年，单增的牛皮船换成了柴油机帆船，社队自主，责任制，日子一天天好起来。

一个冬天，江面上漂浮着一块块巨大的冰块，机帆船载着一包包用麦草裹好的土陶器和用麻袋装着的干香菌、药材，向江对面驶去。冰块撞击着船身，"咔啦啦"崩裂成碎块，碎冰块挤着船沿纷纷立起，像一道道小插屏，最后被甩在腾起的浪花后面。

卓玛驾驶一辆工农 555 型手扶拖拉机来到渡口，神色平静地看着船靠了岸。

渡口只有他们两人。

他俩用陌生的眼光互相凝视了很长时间。

“你学会开拖拉机了。头发这么乱。”他说。

“你也开机帆船了。胡子那么长。”她说。

两人嘴里吐出的热气在刺骨的寒气中化作白色的雾，都在努力地微笑，凄怆怆、苦涩涩的。

“干活吧。”她把手指放在嘴边哈了哈气，开始干了起来。一直到完，两人都没话，还有什么要说的呢？要说的话很多，很多，又好像什么都说完了。

就这样，他们时常见面，相对无言。

河滩上的柳树又发出了新芽，长出了绿叶，天气渐渐地热了。一个初春的上午，船靠岸后，拖拉机迟迟没来，只有那几棵又绿了的柳树在溜溜的东风里轻轻摇曳。单增抬眼望去，空旷的荒原里什么也没有，山冈挡住了他的视线。

他把货整整齐齐地卸在岸边，坐在灼烫的沙滩上，用一根枝丫胡乱地画着字。后来，他发现，他写的字全是“卓玛，卓玛，卓玛”，歪歪扭扭的，在金色的沙滩上。

她趺趺撞撞像喝了酒似的从山弯里走来，脸上都是沙子，肩膀上撕了个裂口。

“车翻了。”她气喘吁吁地说，走到江边洗了把脸。

他跳起身，向出事地点走去。她在前，他在后，提着工具袋，在静悄悄的旷野里。

山上有许多灰白色的斑点在游动，传来羊羔的叫声。

牧羊姑娘呢？

拐过山弯，拖拉机像头受伤的公牛侧翻在厚厚的沙子里，装满青稞麦的麻袋滚得到处都是。单增把拖拉机和拖斗之间衔接的地方拆开，两人用劲把机身翻正。一发动，机器总算没出故障，只是水箱里的水漏得一滴不剩。卓玛提起水桶到江边取水，他留在这儿，把一袋袋粮食重新扛进车斗里。

忙了两个多小时，两人累得筋疲力尽。

他软绵绵地在沙地里躺着，半醒半睡，一阵神秘而馨香的微风轻拂而来。她跪在他的身边，用那块绿头巾给他擦汗。他盯着它，已经褪了色，还补了个洞，然而还那么艳，特别在这片黄沙的映衬中。

“早该换条新的。”他扭过头说。

“他送过我一条，可是弄丢了。”

“你骗人。”

“唉。你什么也不知道。”

他的胸脯越来越剧烈地起伏、起伏……他伸手扳过她的肩。

“听着，你毁了我。”

“不，别……那边有人看我们。”

她跳到拖拉机旁，理了理头发，说：

“走吧，我们耽误了不少时间。”

她驾驶着拖拉机在凹凸狭窄的道路上熟练地拐来拐去。他坐在她身边，两人的肩膀不时地碰在一起。他问：

“刚才是怎么翻的车？”

“刚才？那是……因为路上有只鸽子。那是因为我怕晚了，因为……我说不清……”她突然发作起来，“你要我怎么办，这一切怨我吗？当初我懂什么呀，你经常背我抱我疼我，可为什么不对我说要娶我？我什么也不懂，我只是太想到江这边来看看，就因为没有见过供销社、拖拉机、电灯，就因为姑娘们都往这边嫁……都怪你，怪你怪你全怪你！”

她带着伤心的哭腔转过身，猛烈捶打他的胸脯。

“拖拉机！”他叫道。差点又翻了。

沉默。

怪我，能怪我吗？

她看了他一眼，扯下缠在脖子上的头巾递给他：

“擦擦脸，都是汗。”

他接过头巾，悄悄放在鼻子上嗅着，有柴草熏出的苦味、汽油味和她微微的体温。

又要分手了，他俩迟迟不肯发动马达，谁都在等对方先离开。

“你先走。”他说。

“你先走。”

“你先走，家里人要着急了。”

她张了张嘴，分明想说什么。

“走吧。”他催促道。

拖拉机响起了突突突的节奏，起步之前，她回过头，望着地上迟钝地说：

“他已经死了三年，因为喝酒。”

拖拉机摇摇摆摆地冲出了很远。

……他想喊，喉管里蓦地被什么噎住，想哭，没有眼泪。最后向她高高地扬起一只颤巍巍的手。

一个阳光耀眼的早晨，江面上没有一丝风，又到了运货的日子。机帆船快速地向对岸开去。

“我来了，来接你。这次我说，我要娶你。”单增站在船尾把着船舵，心里一直默默地念叨这番话，目不转睛地注视前方。

拖拉机早在岸边等着。船还没有停稳，他就跳了下来。

拖拉机手是一个美丽陌生的年轻姑娘，一脸稚气。她看看表：

“她走了，我来替她。等了两个多小时。”

他傻愣愣地望着她发呆。

“你怎么啦，舍不得？是县上来的小车接她去拉萨开会了。好神气哟！”

“你骗人！”

“我向妈妈发誓，人家当了三八红旗手。你坐过小车吗？”

他摇摇头。

“我也没有坐过。你好像很喜欢她。其实，也有人喜欢我。”

“她没说什么？”

“没有。她说什么？好像……她说她想去江那边。是这样说的。”

“江那边。”他回头眯起眼望着江对面，远山下像白色小点似的庄子，在热气的蒸腾里抖动着、跳跃着，犹如遥远缥缈的神话，那是她的故乡。

“这江面真宽。”她也顺着他的视线望去。

江水，古老而永恒，在炎热的太阳下，就这样向前奔流，不断地奔流……

冥

门帘被缓慢地撩开一角。因为常年的油垢、污腻和烟熏，变得沉甸甸的，像一床肮脏不堪的羊毛被。外面的风溜进了屋里四处回旋。矮桌上两支蜡烛的火苗被刮得东摇西晃，映在墙壁、屋顶上的投影也动了起来，忽大忽小，变得奇形怪状。

只有柜子上供在佛像前的那盏豆大的酥油灯花始终保持不变的火苗，凝固似的纹丝不动，世尘空气的流动在它面前失去了活力。它显得肃穆、宁静……

门帘撩开的一角，伫立着一个身影，墨绿色羽绒衣，上半身和门外的黑暗融为一团，成为黑色中蠕动的暗色，只有洗得发白的紧身裤在一片昏暗中格外醒目。在这双富有性感和线条的腿的微微扭动中，门帘像剧院的大幕徐徐落下，把这双腿隔在黑暗的门外，只听见高跟皮靴一阵快慢不均的声响，像迟疑不决，像无可奈何，像流连忘返……最后这充满青春的脚步声快步走远了……

这脚步声使屋里的加措老爹回想起童年听见的钉马掌和马蹄声留下的特殊感觉，他什么样的马蹄声没听过，疾驰的，蹓趟的，踩在草地上的，磕在石板上的，还有踩在尸体上软绵绵的蹄声，那声音总像什么魔法一样声声叩着，他的心不住地颤跳。

“她，是谁？”加措已经喝了很多酒，醉眼蒙胧。酒酸得磨牙，凉得揪心，像有千百只小爪子在里面乱抓一气。

“问……她。”他的老伴益西苍老的声音像唱怨歌似的怯声怯气地说，“她一定知道格……桑在哪儿……”

加措老爹本以为是自言自语，听出另一个声音在耳边响起时，很不满意地往前瞟了一眼。

和他一起生活了四十多年的妻子益西，隔一张桌子，直挺挺地坐在他对面，双手顺从地平摊在腿上，一只手腕上面缠着一串早已磨去光泽的玻璃佛珠；另一只手的拇指由于无数个白天夜晚千百遍地拨动佛珠，正神经质地微微挛动。她闭着眼，像是睡着了，没剩下几颗珍珠般牙齿的瘪嘴半张着，有时无声地嚅动几下，仿佛在梦中和谁讲着悄悄话。

“听说他在什么地方做买卖，和我年轻时一样。”加措得意地眯起眼。

“啊？”益西耳背，没听清。

“他的踢踏舞跳得很好。”他提高了声音。

“早晨……转经时，我看见……了，一个人，”益西只顾讲述自己白天所遇到的事，她要讲述的每件事都是从转经路上的见闻讲起，“他从当……官的小汽车里走出来。我一看，呀，他还……是那样，还没……变呢。真是佛爷赐给的好……福气。后，后……”

“阿妈益西啦，”他打断了她的话，“今天你买酥油了吗？”

“买啦，买……啦。如今酥……油像金子一样贵。我们自己都好……久没喝酥油茶……了。”

“啊，啊，只要能在大慈大悲的佛前供上酥油灯。这是一定不能少的。”

“嘭！”一声爆响就在加措身后窗外的墙根下。他觉得自己被一股力量抛向空中，胸口像被野兽狠狠地咬了一口。

“老天爷！”他惊慌地叫了一声。

益西却仍闭着眼无动于衷，好像她早就知道这声巨响的来临。只是撇撇布满碎纹的嘴，仿佛这声音响得不是时候，打断了他们的话。

这时，他们才感到街外面多么热闹，多么嘈杂，一片混乱声。行人走在沥青路上的咔咔声，顺着一个方向移动，像一支步伐混乱、永远走不完的浩浩荡荡的军队；炮仗声，噼噼啪啪，大小远近连绵不绝；像闷雷滚过的嗡嗡的诵经声；磕长头者包铁皮的木板护套磨在地上的唰唰声；男人们的粗笑，女人们的尖叫，孩子们的笑闹声；康巴人高昂悠扬的歌声；自行车拼命按响的铃声；还有院子里楼上邻居带音箱的电子音乐的咚咚声……

只有他俩冷冷清清地坐在屋里，外面的一切与他们毫不相干。

加措这才注意到屋中央方形木柱上一条条长短不齐的刀刻的痕迹。他从矮床上爬下来，摇摇晃晃走到角落找出一把生锈的长刀，冲着刀身啐了几星唾沫，在衣服上来回蹭磨两下。

“对了，又该……记一刀了。”益西颤悠悠地说。她仍闭着眼，但凭声音感觉到了他要干什么。

加措双手握刀，在柱子前佝下身。“我们在这里……嘿，住了……三十……嘿……八……八年了。”

在一排昏暗模糊的刀痕底下，出现了一道深深的、白色的新痕。

他捂着腰，一手撑着柱子直起身，吁了两声，像是欣赏杰作似的歪起头看了半天。似乎不满意，重新佝下身把那一道又拉长，一直拉到了柱子的边缘。再看看上面的那些歪歪斜斜的旧痕，都短得那么可怜，唯独刚才这道长长的新痕一下使他感到惊恐不安，像标志着某种物质的极限——

生命！他的腿哆嗦起来。

刀从手中落下。他害怕地赶紧爬回来，他看见在原来的位置上有一轮护法神的光环在闪烁，那一定是庇护的地方。

佛爷啊，让我这只罪过的手断掉吧，我为什么偏把这道拉得这么长呢？他战战兢兢地想。

益西捧起酒壶给他的空酒碗里又斟满了酒。由于年迈的手永远在哆嗦，抖洒出来的酒流在桌上四处蔓延，形成了一个古怪的图案。她若有所思地用食指在图案的边缘朝自己划回一道，像引出的一条渠干，桌上的酒便顺着这条渠道滴滴答答洒在自己厚实的氆氇呢黑裙上。

桌上有一个花格头巾包袱，这是刚才那个飘失在门外的她送来的。里面一定是些油炸食物，点心饼干，毛桃干，花花绿绿的糖果，或许还有几条牛肉干。但他俩谁也没有动手解开它。

直到现在，他俩也没有提起她。并且，当她慢慢撩起门帘离去时，他俩一句话也没讲。只是门帘落下的一瞬间，加措下意识礼节性地扬起了双手，而她肯定也没有看见。过后他一阵害怕，觉得心中有什么东西被带走了。当她提着花格头巾包袱出现在门口时，他不住地使劲眨了几次小眼睛。他以为眼前出现了一团耀眼的太阳，她就是在这团火焰中渐渐显现出来的，她启齿开口的第一句话：这是我替格桑敬给你们的一点心意。他竟以为听见了非人间所有的悦耳的乐声。当年他扛着挣扎的益西拼命飞跑时，曾气喘吁吁地想：我肩头上抢来的姑娘可是全西藏没有第二个，将来永远也不会有的美人了。在以后漫长的岁月中，什么样的女人没见过啊？贵妇人，娇小姐，卖酒女，歌女，妓女，被众人诅咒的妖女，康巴女人，工布女人，后藏女人，牧女，还有印度的，克什米尔的，汉地的……形形色色的女人，没有一个女人能跟益西二十岁时的美貌相比。现在，忽然出现了，伴随着一阵激动人心的脚步声撩开了门帘，这是怎么回事？他疑惑不已。她究竟是恍惚中的幻影呢，还是的确出现的有灵有肉的活人。啊？你是格桑的迪欧？益西转过头，用瞪大了的、诧异的眼睛在对他说：你听听，张开你的耳朵好好听听啊，那些女孩子在说什么呀——迪欧，多么聪明地把情人的字眼藏了起来。年轻人哪，鬼一样机灵的脑瓜想出新的语言就像天上的星星一样多，像密宗一样深奥。他们创造出的色情俚语太多了，多得叫我们无法听懂，多得像羊圈里的虱子。益西的眼睛对他讲了以上的话，还有别的什么，他没能理解。她望着两位彼此递着奇怪的眼色、沉默不语的老人，使劲地搓揉着冻红的脸，在屋里烦躁地来回踱步。菩萨啊，你睁眼看看吧！益西的眼睛又开始对他伤心地诉说起来：她难道是一位藏家的姑娘吗？她难道不懂藏人的规矩进屋后应该像猫一样乖乖地坐下来吗？她在两位必须尊重的老人面前大模大样地走来走去不害臊吗？她从进屋到离开，就像一只不知该往哪儿下蛋的母鸡似的一刻也没安静过，匆匆地撩开门帘，匆匆地放下礼物，匆匆地转来转去，匆匆地说着什么，心窝里就像被火包围的油锅在沸腾。她的屁股好像生来不是为了坐，只是为了扭给人家看一样。怎么就坐不住呢？我们藏族人世世代代就这样坐着生活，坐着聊天，坐着做生意，坐着念经，坐着晒太阳，坐着喝酒，坐着做手工活，喇嘛坐着就地圆寂。她走了几圈，忽然说：格桑去哪儿了我根本不知道，他什么也没对我说，找到这儿我还是向他们公司打听了半天。两位老人毫无表情，一声不响。加措忽然发现益西悄悄取下了手腕的佛珠放在桌子底下飞快地拨动，嘴皮哆哆嗦嗦颤抖不停，不知是过于愤怒呢，还是为刚才自己眼睛里发泄出的一番话感到懊悔。在两个老人的眼里，她开始显露出一种神圣不可亵渎的纯净。他们也许耳聋，没听清她说什么；或者她根本不是说格桑朋友之类的话；他们也许眼花，把她错看成白天街上到处可见的普通的姑娘。她到底是个什么？

屋里很久没有动静了。

益西还闭着眼，嘴巴悄悄地嚅动着。

加措盘腿庄重地坐在矮床上。他已是七十多岁的老人，头发变得像婴儿的胎毛一般稀松柔软，下巴的胡子被编成一条精美而细长的小辫，在胸前乐观而神气地上翘着。他左手架在腿上，宽大的拇指甲盖和食指关节中间隆起一堆鼻烟，半天难得用另一只手拈一小撮吸进鼻孔里。他睁着一双蒙眬的醉眼。

“昨天，睡到半夜，听见门嗞铃铃……响了，”过了许久，益西抬起眼皮看他一眼，说，“格桑……好像进来了。他……在箱子里翻什么东……西。阿爸加措啦，你听见门响……了吗？”

“那一定是你在做梦。”他欠过身恭顺地告诉她。

“菩萨保……佑，这看来是个……好吉兆。”

“睡觉时，用手揉揉额头，就会做吉祥的梦。”

益西似乎对重新活跃起的气氛感到满意，她呻吟似的哼了几声，左右扭动着身体，好像在鼓励老伴继续唠叨一阵。

他却停止说话，重新恢复刚才那副庄重的神情，端着鼻烟，直瞪瞪望着屋顶，他捕捉到一个极小的黑点，直到眼睛涌出了泪水，才看清是一只苍蝇粘在那上面，这刺骨的冬夜居然还有一只苍蝇能活下来，真叫他惊讶不已。

又是一阵长长的沉默。

“人，真怪……呀，为什么长大后就……不哭呢。”益西忽然想到一个问题。

“那，你现在哭一次我听听。”

“嘿嘿，我哭不……好。”

“没关系。你一次也没哭过。”

“哭过，哭了许多。”

“什么时候。”

“过去，年轻……的时候。”

“呀。我一次也没看见。”

“都是背着你哭……的。你不……在的时候。”

“女人一哭就叫人疼爱。”他若有所思。

“所以嘛，你从……来没疼过我。”

“你老了。”他低声疼爱地咕哝，“瘦得像冬天的狼。”

“那我现……在哭。”她没听清最后一句话。

“你没有眼泪了，除非在眼里倒点酒。”

“是啦。这倒是……真的。”她叹了一口气，但并不忧伤。

他们继续沉默。

过了一会儿，益西四处张望，从加措腿底下抽出一台破旧的半导体收音机。塑料壳的裂缝处贴满了胶布条，这是十几年前的老古董了。她“咔嚓”一声拨动开关，便响起沙沙的杂音，里面正播放藏戏唱腔，她听不清词，但听唱腔的曲调就知道是《郎莎雯波》。虽然她嗓子已经苍老，底气不足，但乐感的天赋一点没有减退。她像一只猫一样喵喵地跟着哼起来：“哎……如若这千……百颗珍……珠穿成的链……是个佛像该……多好，哎……如若这颈……上的松耳琥……珀项链……是护法神该……多好……”

藏戏节目完了，接着女播音员在播送国际新闻节目：“新华社阿尔及尔二月十四日电：巴勒斯坦全国委员会第十六次会议今天下午在阿尔及利亚首都阿尔及尔隆重开幕。”……益西听了一会儿，不解其意，默默关上收音机，一只手在卡垫上漫不经心地抚来抚去。

“他从车上……下来，”益西瞟了他一眼，又唠叨，

“脸上没有……一根胡子。我一看，呀……”

“劳驾，把你的手帕递给我。”加措觉得鼻子正发痒。

“我一看……”她从怀中掏出手帕递过去。

“呼！”他痛痛快快地擤了一下，“我们很久没有去医院了吧？”

“是啦，是……我们的身子骨像岩石那样强健。”她应随着，“前天，大……前天，楼上的格多那孩子对……我说：‘阿妈益西……啦，明天早晨我……和几个朋友也跟你去转……经。’我……很高兴，说：‘孩子们要走很远……哪，从药王山……布达拉宫。’后来，他们还没有转到……就病了，戴个口罩去医院。嗯，他从车上一下……来……”

“现在的孩子们，身体还不如我们呢。”

“是啦，是……”她眼睛里露出了哀怨。

加措把剩下的一点鼻烟全吸完后，拍拍腿上的烟末，揉揉鼻子，双手握住盘在一起的脚脖子，上身毫无意义地前后缓慢地摇动。

“格桑，”益西昂起头，神情专注地聆听外面，“他在按……喇叭。”

外面果然有汽车马达的轰鸣，声音渐渐远了。

“我记得，”加措继续晃着身子，朝前端起酒碗一饮而尽，慢声说，“他过去开的是解放牌，这声音，不像。”

在他看来，格桑无处不在，从内地回来的人说，看见他在成都叫什么晓园的一家茶馆里聊天；从印度回来的人又说他在孟买火车站广场当脚夫；也有人看见他在樟木口岸的边境搞走私；还有人说他在青海那边跑运输。

加措什么也没说，在他的记忆中残留着一个高大汉子模糊的形象，那汉子好像也是从一个粉红色的肉团里渐渐长大的，他也吮过拇指，还记得有一次望着自己排泄出的一堆粪便怔怔发呆，然后发现了真理，他说了什么？它在我肚子里煮热了。他说。他也撒过野，记得有一次被大人搞恶作剧灌醉了酒，疯疯癫癫笑个不停，哎哟、哎哟、哎哟，就这样叫喊着从这头跳到那头。可是一下子，就像掉进地缝似的突然消失了。

有许多人来打听格桑的下落，问这问那。益西神色平静，态度安详，就像别人在向她打听邻居家的什么无关紧要的事一样，照样唱歌似的慢悠悠地讲述。人们什么结果也没有。

“你知道吗？过去和我们住一个院的达穷老爹前几天去世了。”加措忽然说。

“知道，知……道。他是个好……心肠的人，性情顺和得像钥匙，转经的圈数最……多。说他天葬……的时候，神鹰把他的骨……头啄得一块也没留在尘世。”

“我们也应该像他那样，生前多向活佛和三宝磕头，多向性善的空行母祈祷，多做有益的善业。”

“对呀，对……呀。唵嘛呢叭咪吽。”益西轻声念诵道。

渐渐地，在加措的眼里，闪烁的烛光，屋里的一切景致都变成了双影，连益西也变成了一对孪生姐妹并肩而坐。他的身体开始被一团洁净的白云轻托而起，颤悠悠的，进入了虚无缥缈的仙境。眼前闪出一团耀眼的阳光，他看见一个老人向着阳光，沿着他曾走过的脚印，沿着他的历史往回走去，越走越小，越走越远，越走越年轻……

“……你要能变成一只茶碗该多好，我就可以把你揣进怀里跟我走天涯……”“走开！放荡的流浪人，你这身酒气会把我熏死的……”“哦，不，你闻到会醉死的……”在热浪中喘息战栗的驿道上，走过一队骡帮，上百只负重的蹄子相互践踏，尘土飞扬，一个戴宽边礼帽、坠着一对大耳环、胸脯发达宽厚的年轻人不停地吆喝，在烈日中寂寞、干渴地行走。他一次次大把抹去满脸的汗珠，手搭凉棚，鹰一般锐利的目光，捕捉到了远方一个小小的绿点：村庄。酒馆，她的歌声，她的美丽……她在酒馆里卖唱。柳枝般柔曼轻拂的长袖，黑色小皮靴碎小急促的舞步，裙带飘舞，长发飞扬，美妙的歌喉，撩人含情的眼波，客人们的如痴如醉。酒店老板娘的眉开眼笑。赶骡帮的这位顶天立地的汉子，双腿实敦敦地叉开，站在门口，眼中闪着饥渴的欲火……“瞧这宝石项链，纯金的，印度宝石，有人用十五匹骡子跟我换。只要你跟我……”“对歌你能对过我吗？哼，你这穷流浪汉。我已经爱上了少爷，哈哈哈哈……”少爷含笑走来，多么地年轻，多么地谦卑和蔼，彬彬有礼，面皮白净，风度高雅，他有钱财，有庄园，有土地，有奴隶……“可你却从没讲过你爱她，要娶她……”“你太野，像锅底一样黑，你配不上她……”“我这儿可不黑，你配得上吗？”赶骡帮的年轻人撩起袍子后摆，露出光溜溜的屁股，冲着少爷愤怒地拍打。他是自由人，除了神，他谁也不怕……“野蛮人！”……他扛着她在黑夜中飞跑，她像头野兽似的疯狂地挣扎，双腿乱踢，双手乱抓，哭喊着少爷的名字，他似乎看见了少爷身穿汉地的白绸衫站在庄园的楼上窗前，举枪向他们不慌不忙地瞄准。她在尖叫，狗在狂吠，子弹在头顶上呼啸……在他帐篷里的篝火映照下，她披头散发疲惫地躺在豹皮上，美丽的大眼睛射出仇恨和野性的凶光。他背上一阵灼辣的痛楚，扒开衣服一摸，后背右肋骨处血肉模糊，差点被她咬下一块肉皮。“你的牙齿简直像母狼，”他俯下身扳开她血红的嘴巴看了看，“又细又尖，真漂亮。”……“等着吧，我会逃走。等你睡觉时，我要用刀把你的肠子捅出来……”他什么都不怕，带着她翻越高山峻岭，穿过大街小巷，她既没有逃走，他的肠子也没流出来。……他扔给她几块大洋，独自四处流浪几个月回到家，她也一声不响等待着他。一见面，两人便恶狠狠互相咒骂，又谁也离不开。……后来，他们老了。已经没有力气互相咒骂，只是偶尔才慢声慢气、从牙缝里挤出几句恶毒的话语。后来，连这也停止了。太阳已经离他们远去，他们需要时常挤在一起互相取暖……

一条东西哆哆嗦嗦地盖在他腿上。那个黑色的人影终于消逝在阳光里。益西拉过一床羊毛被在他腿上整理着，这儿塞塞，那儿压压。街道外面的声音开始冷清下来，炮仗声也稀稀落落。

他睁开眼，那个美人的影子还在屋里飘游，她转动着美丽多姿、令人神往的头发，像是从天宇飘来的仙女。她究竟来这里干什么呢？他苦苦思索。她为什么不知道格桑在哪儿呢？他已记不清格桑到底失踪了多久，甚至已记不清他的模样。是神托来了一个梦。他感谢神，又诅咒梦。那么，她为什么来……一个在寺庙的佛像和壁画上所熟悉的神的形象在加措脑海里渐渐清晰。天哪！到底是“妙音仙女”转世下凡看望他们来了，在他们面前显灵了。

“可……可她为什么对我们不尊重？为……为什么……为什么说，是格桑的朋友。为什么还……还穿……”他瞪着蒙眬醉眼，精神抖擞地一遍遍高声问道。

“阿爸加……措啦，你醉了。醉了。”益西抱住他胳膊，在他手背上来回抚摸，像竭力抚平他的醉意，“我们该……歇息了。”

“放……放开。我去撒尿。”

“罪过。罪……过。”

他摇摇晃晃掀开门帘出去后，半个多小时才回来。他酒劲似乎已经过去，开始清醒了一些。

“外面坐着一个老人，”他说，“我跟他唠了唠，是一个智者。我问他，格桑到底是谁？”

“他怎么说？”“他说，他不知道。”“哦哦！智者。”“那你说格桑是谁？”“我也不知……道。”“对，我们大家都不知道，不知道，谁也不知道。”

益西已经为他铺好了床，加措像听话的孩子似的钻进被窝。益西睡另一张床，她还迟迟不愿躺下，怔怔坐着。

“阿爸加……措啦，今天，你为什么……不听我讲……我要讲的事呢。”她伤心地说。

“我知道你要说什么，我都看见了。在大昭寺门口，他不跟你说话。我们脏。”

“你真的看……见了？”

“那时候，”他把头蒙在被子里瓮声瓮气道，“我让他看了我的屁股。那时，我年轻。”

“他认出了我。真……的。”

他重新钻出被窝，伸出干瘦的手从矮桌上端起残剩的半碗酒咕咚几口喝干后，一抹嘴，对她扬扬手，轻声说：

“你一直想念他，我都知道。”

烛光熄灭了。屋里静悄悄的，只有屋角柜子上菩萨佛像前的那盏巨大的酥油灯花依然闪烁着微亮的光。它凝固般纹丝不动。

黄房子前面

他搀扶着邻居家一位干瘦的老太太从这条路上走过。街上的店铺一家挨一家，门框都很矮，要低下头进去，里面幽暗狭窄，玻璃框里堆放着各种印度货，有耳环、项链、西装、布料、皮靴和各种化妆品，墙上歪贴着几张异国的风光画片，店里混合着各种香料的气味，香得叫人脑袋发蒙。店铺外面又有更多的地摊充斥着街道，那些操持宗教职业的人们坐在这条环形街道的马路上。几个戴尖形红帽的喇嘛一手摇起用头盖骨做成的达鲁鼓，一手摇响铜铃发出唱诗班似的诵经声。一个疯癫的游方僧人手中转动黄色的幢伞，那上面和他身上挂满了各种别针、项链、戒指、耳环、古币和“文革”时期曾大量发行过的大大小小的纪念章，他怪诞的模样使人联想起西方的嬉皮士。还有泥塑菩萨的女人坐在角落里把一只只小泥佛片像工艺品似的摆在一只木箱上。还有磕长头的信徒，健壮的体魄和厚实的护套像中世纪身披盔甲的武士。还有许许多多坐地行乞的男男女女。

他扶着邻居老太太，冷眼观看这一切。他每天总是找出各种借口来到这里，包括陪老太太来这里转经，他要找的是那些六世达赖喇嘛的情人的黄房子。

街道边立着一座高大的佛龛，善男信女路过时都往方形灶口投进一束香草、一捆柏枝，撒些糌粑面或泼一些高浓度的酒，里面烈火熊熊，冒出的浓烟四处飘散。

他看见烟雾中时隐时现有一个虚幻缥缈的影子。

“有很多事情呀，早被人忘了。”老太太不停地说着话。因为吃过晚饭她要收看香港古装武打系列片的电视节目，便在落日前金色的黄昏提前来转经。这个年轻人对老太太酷爱收看电视怀有一种愤愤的憎恨，他挨着她，感到老人身上的骨头已经腐朽，说不准什么时候哗啦一下就散架了。他的眼光是冷冰冰的，表情是冷冰冰的，他在老太太身边觉得黄昏时热烘烘的空气也变得有几分凉意。

“你简直是块冰坨坨。”老太太哆嗦了一下，“三十多年前，我去德格的路上，很远哪，要走上大半年的时间……”

“奶奶您不是在拉萨住了有五十年，怎么又去了德格？”年轻人发现了漏洞，这漏洞里透出了一线曙光。

“当然是去朝佛，西藏有哪一座神山圣湖和有名的寺庙我没朝拜过？就连阿里的冈仁波钦雪山我都去过两次。后来我差点去克什米尔不回来了。”

年轻人盯住那浓重的青烟，他看清里面出现的影像了。

“我走累了，咱们歇一会儿，我真冷。”老太太向那影像走去。

在白色的佛龛旁坐着一位刻经人，年纪跟他差不多大，戴一顶草帽，穿黄色短布衫。刻经人身边堆放一摞青石板，他用墨斗线在这些呈自然形状的青石板上弹出一道道横线，然后用錾子和榔头沿横线刻出一排排整齐的经文。

“我从来没在这马路牙子上坐下来过。”年轻人不满地嘟哝。他知道什么人才坐在这马路牙子上。

“坐下来吧。”老太太用很大的力气一把将他拽在自己身边。他们不再说话，默默地看着刻经人的錾子在青石板上一点一点刻出了白色的字母。

“我们三个尼姑走在悬崖峭壁的小道上，总有一头黑猪跟在我们后面，我知道它也是去德格。我一眼就认出了它。”她瞟了一眼刻经人。

年轻人想起了查理·卓别林的一部影片《淘金者》的片头，一只熊跟在流浪汉的身后摇摇晃晃往山下走去。

“德格的印经院你知道吗？”老太太问。

年轻人点点头，同时他看见刻经人也点了点头。

“它名扬四方，多少人都千里迢迢赶来朝拜它，然后趴在墙外的水沟旁喝一些从里面流出来的洗印经板的黑水。你想啊，那个女人袖筒里藏着刀子，她今天就要去见老爷了，我总怀疑见了老爷她会从袖子里甩出刀来刺死他。”

“是谁？”年轻人东张西望，“指给我看看。”

“等我回去打开电视就指给你看。已经演了二十三集，听说还长哪。”

“呀——呀——呀！”年轻人咬牙切齿。老太太对武打片如此着迷使他感到无比的愤怒。

“我也喝了一肚子洗印经板的黑水，喝完了就拉稀，拉出来的全是黑颜色。你别笑呀，喝了它不但能除病灭灾，也等于念了许多经文。我听说现在有学问有文化的人，像你吧，一说起来就是有一肚子墨水，我当年喝的那一肚子墨水真是差点撑破了肚皮，够你蘸着笔尖一辈子也写不完。”

“您说的黄房子到底在哪儿？”年轻人忍不住要发怒。

“我没说。”刻经人背朝他气呼呼地回答，“我不会告诉你。”

年轻人变了脸，看看他，又看看老太太。

老太太挤眉弄眼，点头噘嘴地不知在向他暗示着什么。

“我没跟你说话。”过一会儿，年轻人气呼呼地说。

刻经人没回话，正一点一点刻着石板上的经文。

“宕桑旺波情人住的房子在哪里？在哪里？”年轻人躁乱地嚷叫起来。

“我决不告诉你！”刻经人用更大的声音赌气般地叫道。

年轻人吓得不敢再吱声，朝老太太投去怯生生纳闷的眼光：这家伙怎么啦，干吗老插嘴？

老太太又是一番挤眉弄眼，点头噘嘴的样子叫人看着不舒服，完全是《萨迦格言》中所描绘出的小人的特征。年轻人没有把握地探过身，眼光掠过刻经人肩头朝前望去，才发现他刻的根本不是什么经文。

“噢！”他忍不住兴奋地叫出声响，这是一个重大的发现。

“我不告诉你。”刻经人感到了背后的窥视者，有气无力地又重复了一遍。

老太太脸上泛出十分得意的红晕像两只干瘪的苹果。

“我也不告诉你。”年轻人也有些得意地说。他发现刻经人在石板上刻错了两个字母。那上面刻的正是六世达赖喇嘛仓央嘉措的《情歌集》，他知道自己就要找到这个幽灵了。

“你为什么要把这首歌刻在石板上呢？”年轻人友好地问道。

“我已经刻完了四十八首。可这一首总也刻不好。”

“其他的，那四十八首呢？”

“他每刻完一首就把石板塞进一所黄房子的屋檐上了。”老太太开始一步步揭示出他的秘密。

“快告诉我，”他一把揪住刻经人，“我知道当年那些黄房子都他妈涂抹成白色了，快指给我看，哪些房子是宕桑旺波情人的。”

刻经人举起榔头要敲他脑门，他吓得松了手。

“求求你。”他呜咽道。

刻经人不再理睬，当他抬手擦汗时，短衫下面露出了背后的皮肉，皮肤上印着密密麻麻的字迹。年轻人好奇地刚要伸手撩起他的短衫，他躲闪一下，回过头惊恐地望着他。

“都看见了。”

刻经人听后万分紧张。

“一定是密咒。”

“我从来不知道那上面写的是什么，真的，我向佛法僧三宝起誓。我眼睛看不见自己的背。”

“笨蛋！你得用镜子，用两块镜子，一前一后，你看前面的一块。”

“我试过。”刻经人笑起来，“我站在两块大镜子中间，你猜我看见了什么？看见的是千千万万个自己越来越远，排成一排，全是一个动作一个模样，我吓坏了。”

“别的，你没看见你的背后？”

“我吓坏了。”他摇摇头。

老太太用胳膊肘狠狠捣了一下年轻人的后腰，捣得他差点岔了气，她用恳求的目光制止他对刻经人的纠缠。趁刻经人不注意，他迅速撩起他背后的短衫，飞快地扫了几眼。

“嗨！”他赶紧放下。

“怎么样？不听我劝告。”老太太得意地说。

“我生来就有。除了你没第二个人发现。”刻经人接着好奇地问，“那上面写的是什么？”

年轻人又小心翼翼重新撩起一角，另一手指蘸了点唾液在他皮肤上使劲蹭擦几下，除了搓下几根污垢，那上面的字像是长在皮肉上的胎记，一点没擦掉。他跳起身拔腿就跑，被老太太揪住衣角一把拖了回来。

“我得回家去取照相机。”年轻人激动得喘不过气来，“我得把这文身拍下来！”

老太太一只手死死揪住他不放，她闭了眼轻声哼道：“白纸写下的黑字，一经风雨就没了；未曾写出的心迹，想擦却无从擦起。”

老太太哼出的，石板上刻出的与刻经人背上印着的正是同一首歌。年轻人觉得这一切发生了不可思议的变化，他一个劲拍打着自己不够用的脑袋瓜。

“别把自己的脑袋拍傻了。你应该像我一样安安稳稳坐下来，然后……要我告诉你吗？”

“不，不需要。”

“那你什么也弄不清楚。”

“我这不还是坐下来了吗？”他可从来没想过坐在马路牙子上。这样一来，他终于发现这位邻居老太太并不仅仅只是一个叫人讨厌的电视迷。

“真正的《情歌集》只有六十六首，记住，六十六首，其余的都是后人杜撰的。除了手抄本和木刻还有别的版本，每首情歌还分别印在全藏区六十六个人或动物身体的不同部位上，通过转世和移身一代一代传下来，永远不会失传。孩子，你今天找到的是第一个，等你找到六十六个以后，我还会告诉你一些事情。”

年轻人痴痴听入了迷。

“有些事情呀，早就被人忘了，回去问问你的奶奶吧，一提起来她就知道。那一年，我去德格的前几天，我跟你奶奶一块儿在这街上转经，就在这座佛龛边啊。那天黄昏，也是这个时候，有一头猪从人群里窜出来，就像是后面有个举刀的屠夫在追它，它拼死嚎叫，把几个老人和孩子都撞倒了。人们骂着躲着给它闪出道路，它就跑到这座佛龛前面站住了，然后不紧不慢绕着佛龛转了三圈后，就往东的方向跑去了。当时有一位高僧双手合十，对着猪去的方向进行了一番祝福祷告，有人问他为什么这头猪绕着佛龛转三圈，他什么也没说。后来去德格的路上，那头猪一直跑在我们后面，像条狗似的听话，到了德格就再也没见到它了。记得要离开德格的那天下午，我们几个尼姑正绕着印经院转完最后几圈，刚走到大门口，听见有猪的叫唤。我跑过去，那头猪从大门里跑出来从我腿下窜逃了，追出来一个小喇嘛，手里举着一块印经板。我问他为什么要赶它，我说它可是一路上从拉萨跑来的。小喇嘛说他在作坊里打了个盹一醒来，发现这头猪不知从哪儿钻了进来，正在啃他刚印好的《情歌集》，他顺手抄起涂着墨汁的印经板在它背上打了一下就追赶出来。我接过板子一看，正是现在这首情歌。要知道，它是一头黑猪。”

等年轻人再回过头看那个刻经人时，眼前只是一堆重重叠叠还没刻过字迹的青石板。

“呀！他没了。”

“我一眼就认出来了。”老太太忽然打起精神说，“我想这回肯定是跑不掉了，有很多人都埋伏在屋里呢。”

“在哪里？”他四处张望。

“走吧，电视快开始了。”她撑起身，“开始我就指给你看。听说今晚要演三集。”

年轻人不再多问，低下头跟老太太回家。现在他心里想的只有一件事：怎样用电线短路的方法烧毁她的电视机。

朗杰的日子

到夏天，日子变得很长。朗杰无精打采地照料他的没有什么特色的杂货店，货架上码放着糖果烟酒，还卖用豌豆粉做的麻辣凉粉。母亲和邻居家的几个老太婆去西藏各地朝圣，家里就剩下他一个人。“儿子，要是一个人闷得慌，找个正经姑娘做伴。”临走时母亲说，“算账时别用那小块块的算数机，那东西戳错一下就亏一大笔账哪。”

中午的时候没有什么顾客，朗杰坐在杂货店门前的凉棚下拿一张报纸随便翻阅，要么打开那台破旧的半导体收音机收听无线电广播，这个时候一般都收听不到什么激动人心的音乐和新闻。太阳底下，稀疏的行人贴在墙根的阴影里像幽灵般无声飘行。炎热的中午把小巷各角落里所有的气味都蒸发出来，只有在这座城市里出生长大的人才能从中嗅到一股亲切而远古的陈腐气息。坐在杂货店门前能听到斜对面一家甜茶馆里传来的几个西藏大学的学生高谈阔论的声音，他们在谈论这几年苍蝇蚊子的增长繁殖和城市犯罪率上升的关系，以及拉萨是不是世界上海拔最高的城市诸如此类空洞无聊的话题，他们的声音被寂静的午睡时刻吸掉了分量显得有气无力。朗杰前几年也曾经是这所大学中文系的学生，有一次他在校刊上发表的一篇文体矫揉造作的散文被写作教师在课堂上当众羞辱了一通后，他一气之下便辍了学。他懒散地斜靠在店门的木框上，喜欢对小巷里过路的行人瞎猜测，从一个姑娘走路的姿势判断她是个浪荡女，从乡下人腰间鼓囊囊的皮匣里估摸有多少钱，或者发现一个孩子是个可疑的贼，时间一长他想入非非觉得做一名侦探也不错。

有一天坐在那里，走过来一个司机交给他一封信，是母亲在各地朝圣时托司机捎来的，她似乎还没学会通过邮局寄来。信中写道：

儿子：

向神圣的布达拉宫膜拜敬礼！

在日喀则尚巴运输站，我们糊里糊涂爬上一辆大卡车。

司机是个汉人，对我们大喊大叫，我们就是不下来，他没有办法，把车开得飞快。你猜后来司机把我们拉到什么鬼地方去了？不要说这里寺庙的影子看不见，村子里所有的房子全倒塌了。原来这里闹地震，车上拉的是救灾的东西。司机跟一位干部说这事不能怪他。当然不能怪他，我们自认倒霉。这样一来我们被当作救灾物资拉到这个饿鬼之乡来了，又听说我们来的公路上也闹地震，把公路震断了，又听说政府要用飞机运粮食。益西大姐说：我们犯了方向路线错误。我们是来朝圣的，现在没有办法，只好坐在地上望着天空朝圣飞机，我们也成了灾民等待吃救济粮。

妈妈上了年纪，胃口也变小了，只要政府给一口糌粑糊糊就不会饿死。

我们表示要牢记这个教训，今后不能看见汽车就爬上去。

妈妈格桑

母亲她们一行人路上净遇到些惊险有趣的事情。他接到的第一封信就谈到刚出拉萨在离泽当五十公里处就翻了车，居然没有一个人受伤，全部被抛到路边松软的沙滩上，幸亏车上拉的是用麻袋装的羊毛。朗杰总是提心吊胆生怕母亲发生意外，但母亲仿佛不把这一切当回事。朗杰想起母亲的家族有康巴人血统，天生喜欢浪迹天涯。朗杰很寂寞，想给母亲写信，无奈她们漂泊不定，没法联系。

母亲她们既然被拉到灾区，朗杰也就不怎么担心了，他知道在贫穷的山区遇到类似的灾情时，当地人往往能得到比平时更好更多的食品。一般来说政府很重视这种事情，这个时候最能体现出社会主义的优越性。

大约在六月间，朗杰认识了一个叫茨珍的女孩。

茨珍是路过杂货店吃凉粉时跟他认识的。她第一次来吃完凉粉后发现自己身上没带钱，她那副蛮横的态度就像警察一样，嚷嚷道不就是一碗凉粉嘛有什么了不起，要是把我惹火了你会招来麻烦的。朗杰不想惹恼她，挥挥手表示算了。这位穿牛仔衣的女孩舔舔嘴唇似乎还没解馋，厚着脸皮又要了一碗，她一边吃一边称赞凉粉的味道，辣得她嘟起红艳艳的嘴唇直抽冷气地说，拉萨哪家凉粉也比不上这里，又香又辣，真棒。在此之前朗杰已好几次看见这位大约还是高中生的女孩从小巷那头一家叫鲁钦的尼姑寺里出出进进。他猜想这女孩过不了多久大概就要出家为尼了，不禁莫名其妙地为她感到惋惜。

从此以后茨珍常来这里吃凉粉，两人聊起来后才知道她有个妹妹在鲁钦寺当尼姑，她只不过是经常去看望她。朗杰对陌生女孩们的话总不那么十分相信，通常她们一半出于自我防护的本能一半出于炫耀或狡黠的恶作剧会信口编出真真假假的事情。后来他发现跟她在许多地方都有共同的好恶，比方说他俩都喜欢听央金娜牡演唱的歌曲，特别是一首名叫《细雨中的街头》的歌曲听了叫人心里又痒又痛。两人都希望有一天能看看大海。他们还相信这个世界充满了无法解释的神秘事物。说起这座城市一到晚上经常停电两人都皱起眉头，这是最让人沮丧的时刻。

“你将来能做大生意。”茨珍对他说。

可是朗杰知道自己并不想做大生意。他有些悒悒不乐，觉得自己快要喜欢上这个女孩了。

有天傍晚又遇上停电，朗杰没事可干，离开家走到巴廓环形路随转经的人流踯躅而行，希望能在街头跟一位陌生姑娘随便搭讪消磨时间。在路南的巷口他看见茨珍和两个不三不四的男人站在电线杆下东张西望，像是在等待什么人，朗杰很想知道她跟这些男人晚上干些什么，便混在密麻麻的人流中挨到另一根电线杆后面悄悄观望。过一会儿他们好像看见要等的人来了，茨珍身边的一个男人躲进了漆黑的窄巷里，另一个躲在电线杆后面，茨珍双手插在宽松的牛仔衣的大口袋里低下头若无其事吹着口哨像个女阿飞在原地晃悠。朗杰看见一个留长发的康巴汉子朝茨珍走来，到跟前时她笑嘻嘻拦住他低声说了句什么话，康巴汉子停住后左顾右盼一阵和她交谈起来，忽然康巴汉子感到他身边有人从电线杆后面出现，他一手推开茨珍拔腿就跑，接着朗杰看见了跟电影里一模一样的镜头：茨珍忽然从口袋里拔出手枪就像女恐怖分子一样气势汹汹玩命喊叫着追赶过来，她身后两个男人也拔出手枪追赶。康巴汉子一直朝朗杰这边跑来，朗杰看见三只枪口正对着自己，随时可能射出致命的子弹，慌忙中掉转身体不由自主地跟康巴汉子像是同谋一般并肩而逃。对方边跑边不失幽默地对他说："伙计，愿菩萨保佑你逃得像风一样快。"于是朗杰鼓起精神飞奔，转眼间把对方甩到了身后。刚跑了没多远，前面的路口又闪出几个警察用枪口对准他们，朗杰来不及刹住脚步一头扎进了警察的怀里，康巴汉子还想反抗，被三名警察拦腰抱住摔在地上。接下来的场面很尴尬，茨珍气喘吁吁跑过来发现是他，露出了满脸的惊讶和困惑。朗杰平生从来没有这么猛烈地奔跑过，他脸色铁青大口喘息加上极度的惊吓，此时连一句话都说不出来，茨珍身边的一个男人掏出手铐给他戴上后他很快被推搡进开来的一辆警车里。后来的事情就简单多了，在刑事警察大队的审讯室里待了大约三个小时后，警察终于证实了他的确是稀里糊涂卷进这次逮捕杀人犯行动中的局外人，与罪犯并无任何瓜葛。到深夜他们用吉普车送他回家时茨珍在车里陪他，她向他解释这不过是常有的误会，如果他当时站在一旁不动弹那就什么事也没有。朗杰低头一声不吭，忽然像孩子似的哭了，哭得很委屈很伤心。作为一个遵纪守法的城市公民遭到突如其来的暴力恐吓后又被无辜地戴上手铐受到拘留审讯，直到最后澄清身份之前他一直被作为罪犯对待。茨珍抱住他的头靠在自己怀里不停地轻声哄劝，他嗅到了她身体里热烘烘的乳臊和香水的气味。噢，他心想，女人的身体为什么总是有某种神秘的气息，一旦挨近它，她的整个灵魂就变得很遥远，遥远得像另一个世界。他感到孤独极了。

茨珍把他送到家里安慰了几句话道别后，不到一个小时她又返回来，站在门口用盛气凌人的口吻质问道：“嗨！你孤单单一个人，为什么不养只小狗呢？”说完她像是被什么东西击垮了，低下头，身子软绵绵地靠在货架边。

朗杰撩起披在她肩头的一绺头发缠卷在手指上，她的头靠着他的肩，双手围抱住他的腰，两人默不作声地走到楼上朗杰住的那间小屋。茨珍从身上摘除了一只 7.62 毫米口径的六四式自动手枪和一副镀铜的金属手铐放在小桌上，朗杰坐在床边望着这支在烛光下泛着黯淡乌光的小型杀人武器，它能使人充满不可侵犯的尊严和蔑视一切的勇气，他还从来没有亲手摸过这东西，刚想拿过来体验一下握在手中的感觉，茨珍握住他伸出的手贴在自己脸上。她已脱去外套解开了衬衣纽扣，一边衣襟斜在肩头，露出的一只乳房使人想到刚出锅后捧在手中的一坨颤悠悠的凉粉。

“你还要吃凉粉吗？”他站起身说，“我去弄一碗。”

“好吧，”她说，“少放点辣椒。”

她调皮地伸出粉红的舌尖在嘴唇来回摆动。

那个时候，茨珍是警察学校的学生，临毕业的最后一个学期被分配到巴廓派出所实习。她不当班的时候朗杰就关了店门，两个人在楼上的小屋里听央金娜牡演唱的歌曲，录音机里的歌声伴着有节奏的沙沙的杂音，磁头很久没清洗了。屋里总有几只苍蝇永不疲倦地在盘旋。窗外传来儿童的嬉闹声。朗杰很不习惯茨珍身着警服躺在他身边，尽管茨珍看起来更像是一位在某部电视剧里担任某个角色而穿这套剪裁合体的橄榄绿警服的年轻女演员。朗杰摆脱不掉一个怪念头——和她亲昵时如同在亵渎法律和国家尊严，他感到困惑。他用含混的抱怨引诱她摘掉帽子脱去外衣后，面对一个留披肩发穿素雅衬衣嘟起红艳艳小嘴的少女，朗杰心里自在多了，可以随意抚摸她，尽量不去注意她的警裤。他俩并排平躺在一起聊天时朗杰发现她有多么地缠人——也许所有恋爱中的少女都是这样。过不了几分钟她就侧过身来弓成一团，像猫一样钻进他怀里，鼻子警觉地在他胸前嗅来嗅去，似乎想嗅出什么可疑的东西，嗅了一阵她抬起头对他说："你该洗澡了。""你烧水给我洗吧。""不，你还是别洗，我喜欢你身上的气味。""还从来没人给我洗过澡呢。""你妈妈难道没给你洗过吗？""想起来了，我妈妈又托司机捎来一封信，想听听吗？"两人在一起读母亲的来信是一件令人开心的事，母亲的来信透着儿童的天真和老人的幽趣，有不少俏皮话，读起来叫人忍俊不禁。在母亲那一代西藏人里，擅长写信的女人并不多，母亲早年当过小学教员，她一直保持每天读报纸的习惯，对政府经常发表些批评意见，比方说前些年政府公布一条消息说：拉萨的野狗与城市居民的比例居世界之最。接着掀起了一场歼灭野狗的运动。她对此强烈反对，理由是这么多野狗只只都很壮实，正说明拉萨人生活很富裕，并且强调人不应该在这个世界横行霸道，应该同各种动物和睦相处。在那些日子里，她以仁慈的心肠每晚从大街小巷抱回许多刚出生不久的野狗崽，第二天清早搭车把它们运到郊区的寺庙里去，那里是个安全的地方，虽然她自己从不养狗。接着在一次居民委员会的代表会上，她指出拉萨的窃贼比野狗更多，很少听见野狗咬人的事，却很难找到有哪家没丢失过自行车。野狗至少不会窜进别人家里叼走桌上的一块肉，可是窃贼却在一个月内三次溜进杂货店抬走了她的十箱啤酒和三箱香烟。母亲的来信经过几番辗转已磨得皱巴巴的，信中讲述她们在昌都过得很快活，还赶上一座寺庙开光仪式的盛大活动。然后拐弯抹角地探问儿子是否有了女朋友，她暗示有两类女孩不可交往：一类是成天嚼泡泡糖、身上藏有刀子在街上浪荡的野女孩；另一类是有文化的女大学生。她在信中写道："……这样的姑娘嘴巴很厉害，能把石头说成冰糖，最后还让你吃进肚子里去……"朗杰看了笑着对茨珍说，要是妈妈知道她儿子的女朋友身上岂止带刀还带手枪，她肯定会吓昏过去。茨珍说她原来的梦想是在科技或文化部门做一名打字员，三十岁以后最好能在一家大集团公司当一名风度翩翩的经理秘书，她的这些幻想无疑是受电视里港台爱情片和流行小说的诱惑。她甚至还很认真地给他朗诵自己写的一些诗。在朗杰看来，她的诗写得很蹩脚，并且莫名其妙。茨珍有一首诗的几句话使朗杰既费解又不舒服：爱情没有保修单 / 我们便成为人世间匆匆过客 / 请在歌声中记录下我的影子 / 在那个阴暗的早晨 / 昔日的少女高声呻吟……他不明白她怎么会想出这些话来。

“我年轻的时候从来不写诗。”朗杰像个久经世故的老人瓮声瓮气地说。

“朗杰老爹年轻的时候有不少女孩写情诗送给他，但是他一首也没看懂。”茨珍背过身对着墙壁大声说。墙壁上贴了不少朗杰从画报上剪下来的中外女影星照片，茨珍用钢笔往女影星脸上画胡子，画得很仔细，看起来也很逼真，墙上所有女影星都被她画上各式各样的胡子。

朗杰怔怔看了半天，说：“以后，我再也不往墙上贴任何照片了。”

“那就贴我的照片好了，可是不许往我脸上画胡子。”

“到现在我还没得到过你的一张照片哪。”

“连我自己也没有，我不喜欢照相。”过了一会儿她说，“送你一张我妹妹的照片吧，她长得比我漂亮。”

“贴一张尼姑的照片？”

“谁是尼姑？”

“你不是说过她在鲁钦寺当……”

“是她上中学时照的，你要不要？”

“我不知道……”

“那算了。”她指着墙上的照片说，“不许你把它毁掉，记住了。”

“一个个像罗刹女鬼，我晚上睡觉会做噩梦的。”

“哎，会做噩梦，年纪轻轻的做什么噩梦嘛。”

朗杰说也许他见过她妹妹。鲁钦寺的尼姑们常来小店里买点糖果，吃碗凉粉，只是他弄不清哪一个是她妹妹，他记不清有哪个女孩的模样跟茨珍相像。茨珍立刻恶狠狠地警告他别去胡乱打听她妹妹，最好让她安安静静待在佛门中。这个社会已经够糟糕的，做一个真正的出家人很难，要抵制越来越多的罪恶的诱惑可不是件容易的事。

巴廓地区是拉萨最繁华也是社会治安最混乱的地段，西藏各地的生意人、流浪人和朝圣者都云集在这里，各种行劫偷窃、打架斗殴、走私卖淫的案件每日不断。茨珍在派出所里成天忙忙碌碌，有时还要跟小伙子们一起巡逻到深夜。这个时候朗杰在家里打好一瓶酥油茶做几只烤饼在昏暗的灯下边看书边等她。茨珍深更半夜回来后见此情景大为感动，她头发凌乱，满身尘土，衣服上还有血迹，朗杰又惊又怕不知她在外面又遇到什么危险。没事，别担心。茨珍拍拍他脸颊安慰他。说是她和两个同伴巡逻时遇到三个偷木料的窃贼，正好三比三，他们扑了上去。茨珍没选好对象，她的对手比谁都高大壮实，她拿出浑身的解数也没能制服他，在擒拿格斗中那家伙把她按倒在地后，紧要关头不仅不设法抽身逃走，反而大耍流氓，粗暴地撕她衣服扒她裤子企图强奸她。噢！他妈的，这是怎么回事！她气急败坏地叫喊起来。这时她的一个同伴扑过来用手枪把在那家伙的脑袋上一阵猛砸，砸得头破血流差点要了他的命。

朗杰听了目瞪口呆，不知该说什么好。

茨珍搔搔头皮，困惑不解地说："你说这是怎么回事？那家伙大祸临头居然还……有心思干这邪门的事。我真不明白你们男人……属于哪一类动物。"

"真是太恐怖了。"朗杰连连摇头。

"是太滑稽了。"她纠正道。

"是吗？我可不喜欢这种场面。"

"你什么也没有见过。"

后来朗杰发现茨珍有个怪癖，每当她去现场触摸过枪支器械、犯罪工具或罪犯的身体后，总要用香皂一遍遍反复洗手，洗完后用怀疑的眼光在手上看半天，又放在鼻子底下嗅嗅，皱起眉头说："臭，还是臭。"又洗个没完。她从现场回来后给朗杰讲述那些肮脏和暴力的行为时眼中充满了狂热，讲完后脸上笼罩一层阴郁的困倦，两眼失神地盯住一个地方不知在想什么，有时连饭也不想吃独自躺在床上睡一觉。她从来不让朗杰碰一下她的手枪，朗杰哀求说只不过是卸了弹匣拿在手中玩玩掂量一下，她也坚决不答应，她说这一点也不好玩，拿在手中只会使人产生犯罪的欲望。朗杰说那你经常摸着它又怎么说呢？说不定还冲人家开过枪哩。

“我早已是罪孽深重。”她颤颤地说。

“你真……怪。”朗杰幽幽地望着她，从牙缝里挤出一句话。他靠过身去，一只手搂住她的腰肢。

“我现在不想。”她抽身挣脱。

“那么跳个舞吧，你从来还没和我跳过舞呢。”

“我也不想跳舞。”

“我就想要你跳舞。”

“你怎么啦？”

“没怎么。只是这日子过得……挺闷的。”

“是挺闷的，所以就事多，就有人去犯罪……”

“别去思索。所以，就来吧……”他一把将她抱起来。

茨珍双手托住他下巴往后推，接着他感到膝关节被她插进来的腿往外一别，失去重心，仰面朝天摔倒在地。

“我该上班了。”茨珍抓起帽子转身跑出门。

朗杰感到愤怒，爬起身急忙追赶，从楼上追到楼下，一直追到杂货店门外，茨珍像兔子一样早已窜得无影无踪。他捂着怦怦跳动的胸口坐在门前，烦躁地抓起一张报纸匆匆掠过上面的黑体标题，一个字也没看进去。“你没法跟她说清楚，你猜不透她是怎么想的。”他拿着报纸自言自语大声说，“她老觉得不顺心，好像除了她人人都顺心似的……有很多事情你没法弄清楚……莱恩说：这座城市太沉闷，年轻人居住在古老沉闷的城市呼吸的是古老沉闷的空气。现在想想他的话有道理。莱恩很了不起。”

“莱恩是谁？”

朗杰抬头一看，是邻院一个叫卓嘎的姑娘，正靠在他身边的墙上听他发神经似的喋喋不休。她是那种在朗杰母亲眼里属于“不正经”的姑娘，穿一件紧绷绷的横纹短袖衫，眼中闪着病态的肉欲，一副百无聊赖的样子。

“你说什么？”朗杰脑子走神了，仰起脖子反问她。

“莱恩是谁？你说他很了不起。”

“就是那个美国人，你经常见他。前些日子他天天来坐甜茶馆。”

“哦——，是那个狮子脸，我叫他森珠。”卓嘎想起来了，“他在报纸上写文章了？”

“他去哪儿了？”朗杰好久没见那位在西藏大学任教的会说藏语的美国人了。

“他又不是我男人。”

“可是他一见你就流哈喇子呀。他很有滋味吧？”

“美国人的滋味，让人永远难忘。”卓嘎诡秘一笑。

“你买点什么？”他问。

“巧克力多少钱？”

“老价。”

“便宜点嘛，老情人了。”

“六毛。要几块？”

“四块。你妈妈还没回来，她现在在哪儿？”

“我想她大概在横渡英吉利海峡。给，记住，我们不是情人，我们从来没有亲过嘴，是革命同志。”

卓嘎接过巧克力想了想：“哦，我现在身体不好，我天天去医院。”

朗杰也想了想，说：“你太紧张，需要休息。”

“错了，医生说要我加强床上锻炼。”

“他是个流氓。”

“你要是个流氓该多好。”她用肩头撞撞他胸部，慢腾腾离开了杂货店。

茨珍领到一笔夜班补贴费邀请朗杰去饭馆，她驾驶一辆装有警灯的公安三轮摩托车歪歪扭扭开进小巷停在杂货店门前。朗杰觉得过于显眼，磨磨蹭蹭不肯坐上去。茨珍埋怨他成天像个老头似的守着小店，一点情趣和嗜好也没有，甚至连吸烟喝酒都没学会。见茨珍一脸的伤心失望，他只好硬着头皮坐进挎斗里，一路上连头也不敢抬。街上的行人见一个年轻的女警察风风火火驾驶摩托车，旁边车斗里坐着腰身佝偻的小伙子，还以为是她逮住的一个小偷。

他们走进一家装饰典雅的小饭馆，善于察言观色的汉族伙计看见停在门口的摩托车，立刻堆起殷勤的笑脸把他们请到一个舒适的座位上。茨珍点了一桌的菜都很合朗杰的胃口。茨珍说今天是她生日，十八岁了。她说她第一次过生日。

“太铺张啦，太过分啦。”朗杰望着十个人也吃不完的满满一桌菜肴摇头讷讷地说。

没多久茨珍一人连喝了三瓶啤酒，她脸色微红，神情不安，东拉西扯说起学校准备把她送到北京公安大学深造，又说起最近一个案子的作案手段刁钻古怪难以侦破，想不到拉萨也有了智能作案的高手，又问起她这些天没去他那儿他是怎么打发日子的。朗杰说还不都是老样子，到晚上翻翻通俗杂志听听音乐，有时去隔壁邻居家看看电视，还能做什么？

“但是我想退学了。”她忽然说。

朗杰怔怔看着她。

“跟你一起开店，过日子。”她低声说。

“你没喝醉吧？”

“没有。”她平静地摇摇头，“一点都没有。”

“那好。咱们吃菜。”他把桌上的几瓶啤酒放到桌下，“这盘牛肉炒得很香，你尝尝。”

“朗杰哥，你不想跟我结婚吗？”她问。

“你疯了，再过半个月你就该毕业了。”

“是的，还有十二天。”

“茨珍，你怎么了？”

“你不愿意，是吗？”

“你以为……”他费劲地解释，“这事就跟两个人抱在一起亲嘴那么简单吗？”

“难道还有比两人亲嘴更复杂的事吗？”她惊奇地反问。

“再说，我妈妈会怎么想？”

“我正要问你哪。”

“我又问谁去？她还没回来……”

“她也许不回来了。”

“她干吗不回来？”

“你问她好了。”

“我没法问，我不知道她在哪儿。”他颓然地说。

茨珍从桌下提起酒瓶又斟满一杯咯咯笑着说你真是个正人君子，正经得有些假模假式了。朗杰断定她是真的醉了，也就由她胡说八道，自己闷起头不声不响地坐着。他记不清自己生日是哪一天，但他想，一个十八岁的女孩过生日除了兴奋之外肯定还有别的复杂的心情，比方说把自己弄醉后莫名其妙地哭一场。茨珍没有哭，喝完一杯酒盯住墙上的静物画像是在想什么心事，他轻轻拍拍她手背使她回过神来。她叹了口气，摸出一沓人民币放在桌上，说："山羊说它屁股很重，挪不动窝。其实小狗不过是叫了两声，没有什么……"

她扶着一张张桌子走出饭馆，骑上摩托发动起来。

"危险哪！"朗杰追出来喊道。

摩托车朝前一冲开走了。

朗杰觉得茨珍身上有一种他想象中子弹般的爆炸力和穿透力，她似乎把什么都明明白白地告诉了他，又什么也没告诉。他认为茨珍是把自己的人生视为赌注和游戏，心血来潮在即将毕业时想退学，头脑一热就想结婚。朗杰看见别人家婚礼前忙得死去活来的准备工作，以及婚礼上兴师动众的场面和种种古老繁琐的仪式，还有没完没了的宴请款待，到最后新婚夫妇就像打完一场世界大战似的累得筋疲力尽。他从来没想到过结婚的事，那事情离他很遥远哪。

他付完账慢腾腾站起来，外面下起了蒙蒙的小雨，店主人打开了录音机，响起了他喜爱的歌手央金娜牡的歌声：蒙蒙细雨街头，我在寻找你的温柔……

小巷外有块空地，不少司机爱坐甜茶馆，空地便成了免费停车场。朗杰看见一个司机拿着几封信朝小巷两旁一家家门牌东张西望，就知道准是母亲托人捎信来了，司机果然找到杂货店把他母亲和邻居几位老太婆带给家里的信交给他。他自然少不了免费请司机吃几碗凉粉，又送他半条香烟和几瓶啤酒，然后询问母亲的情况。

“这么一群老太婆把信塞给我，我又记不清她们的名字。”司机想了想说，“你妈妈是不是嘴里只剩下一颗门牙，是不是她？”

朗杰两眼望着天空，心里暗自骂这家伙的眼睛长到额上去了。这群老妇人个个都有自己鲜明的特征，唯有一点共同之处就是她们个个都只剩下一颗门牙。他只好点点头。

“啊，她很好。她们搭上我的车一路上唱歌，吵得我很烦，我只好把车开快些，让风堵住她们嗓子眼。把她们颠哭了。”过了一会儿他有些困窘地说，“后来她们报复我，把屎尿都拉在我车厢里。”

“师傅您从哪里来？”

“札达县。”

“那是什么地方？”

“阿里那边。”

朗杰吃了一惊，上次母亲捎来的信说她们去了昌都，转眼间又跑到了千里之遥的阿里。

朗杰打开信，里面还夹有一张色彩失真、拍摄技术拙劣的照片，他看见母亲呆若木鸡地站在一座寺庙的门前，衣衫褴褛像个乞丐，两眼发直地盯住镜头。他想看看母亲的鞋是否也破得露出了脚趾，可惜她一双脚没被照进来。母亲的字迹歪歪扭扭——

儿子：

向神圣的布达拉宫膜拜敬礼！

我们朝拜达拉克神山时当地人说要二十一天才能绕神山转完一圈。到第九天时我们被几个印度兵捉住了，他们说我们闯过了国家，我们也不知道怎么就闯过来了。我们说我们一群妇女朝拜神山可不是来和你们的国家打仗的。后来一个年轻的长官过来，你想不出他有多好。我们说你们当兵的很辛苦，我们来看望你们慰问你们，他就把我们带进兵营，士兵们排成两队夹道欢迎我们，他们的胡子可真长，还裹着头巾。曲珍大姐一激动就喊口号：向解放军叔叔学习！我们跟着喊。尼玛大姐说喊错了。你猜印度兵喊的是什么？他们喊的是印度话，我们一句也听不懂。他们后来请我们吃饭，有面包、牛肉、咖喱米饭，还有酒。年轻的长官说吃完饭要用汽车送我们回去。我们装作要上厕所，就一个个翻墙溜了。你说怪不怪，他们也不出来追我们。

你想想吧，我也算是出了一次国。

你猜猜我们还要去什么地方？先不告诉你，以后你就知道了。

愿菩萨保佑你快乐！

妈妈格桑

“这群老流浪婆。”朗杰并无恶意地骂了一句。

母亲早年出身于一个小贵族之家，她父亲是酒鬼加赌徒，在她出嫁之前家里已是债台高筑，只好变卖了仅有的一座庄园，从此衰败沦为平民阶层。后来她嫁给了一个当警察的藏军少尉，在那个年代她丈夫的地位和薪金远不如一个普通的裁缝，她只好去一个中等贵族家当厨娘。她丈夫的职责就是站在巴廓环形路口的治安岗亭里见附近有酗酒斗殴的事上前劝阻或吓唬一番完事，平时站岗值勤时手中还不停地捻一坨毛线或纳一只鞋底挣点外快。他是个窝囊废，在站岗值勤做手工活时靠在岗亭里的步枪经常被那些爱搞恶作剧的乞丐无赖儿从后面小窗口里取出偷走。每到这个时候朗杰的母亲只好自己从酒馆里、出售武器的货摊上甚至从马贩子手中把步枪找回来，为这事她不知骂过丈夫多少回，可是没过几天枪又丢了，她只好又去找回来。朗杰还没从母亲肚子里降生时，他父亲被一个康巴人用刀子捅死了。母亲后来在一所小学做语文教师，直到十多年前退休后便开了这间杂货店。日子一年一年过去了，母亲也老了，那天她坐在货摊旁，抬头望着蓝色天空中的一朵白云，说昨天晚上肯定是白度母给她托了一个梦，她问了邻居的几位老太婆，都说昨晚也做了同样的梦。她问朗杰这是为什么。他答不上来，然后母亲说她要走了，白度母在梦中显现出西藏各地的神山圣湖和著名的寺庙，就是说她要去朝拜这些地方。三天后母亲和邻居的几个老太婆每人带上自己的一点行囊，揣一笔钱，欢天喜地爬到一辆超高的大卡车货厢上面。朗杰望着这群脖子上挂满哈达坐在高高的一车装满羊毛的麻袋上面大喊大叫跟家人告别的老太婆，他摇摇头暗自想道：这哪里是去朝圣，简直像一个旅游观光团。但比起国际旅行社专门接待外国人的那种豪华老人旅游观光团，她们更像是一群即将远行的老乞丐。

朗杰抬头看看天色不早，他站起身放下遮阳篷布，在关店门时才想起茨珍有好久没来找他。二十天还是两个月？时间概念已经很模糊，他知道她大概不会再来了，想必她早已毕了业被分配在公安局的某个部门，或者即将去北京深造。她将成为一名优秀的警察，这点连茨珍自己也很清楚。只不过到现在为止她不论是做一名警察还是做一个妻子都太年轻了点。不管怎么说，朗杰和她相处了一段挺美好的让人难忘的日子，在一起聊社会新闻，谈流行服装和新上映的电影，在一起随录音机的歌声哼唱他们喜爱的歌，在一起争吵，在一起做爱。他俩最后的分别是在什么时候？那是最后的一次做爱……两人都感到兴奋和激动。茨珍紧闭双眼。朗杰浑身潮湿燥热，他深吸一口气将脸转过去，看见散落在床边另一侧垫子上茨珍的一堆衣物：橄榄绿色的警察服、白色的内衣、粉色的裤衩、红色的乳罩、警裤腰边的皮带像蛇一样盘缠在衣物中，棕色的枪套露出黑色的枪把——手枪！一件杀人武器静静地压在一个女孩白色的内衣上面，显示出某种暗示和诱惑。灵魂的最深处激出一个强烈的渴望，他一只手悄悄伸过去拇指弹开了皮套上的暗扣，枪把上密密凸起的花纹扎在掌心如同一百颗针尖在抖动。这只手感到了武器的重量。茨珍闭着眼在体验肉体的快乐。朗杰一只手搂住她的身体，另一只手握住枪把，产生一种奇异的兴奋，在迷狂中他把这只沉甸甸冰冷的手枪贴压在茨珍剧烈起伏松软烘热的胸脯当中，刹那间他全副身心痉挛地拧结成一团，多年来的怯懦和压抑在心底的夙愿终于得以释放和完成，他的力量和勇气敢于向整个世界挑战！这时茨珍睁开了眼皮，望一眼压在自己胸脯上的手枪，又抬眼朝他露出一丝迷人的笑容，她光溜溜的一条臂膀慢慢扬起来。随着这神秘莫测的微笑，朗杰感到自己颈部动脉处被重重一切，脑袋顿时沉重而麻木，在失去知觉的最后一刻他看见茨珍正坐起身熟练地运用警察学校教材上的擒拿动作向他反击，他胳膊被反拧在背后接着整个身体倒立着飞起来撞向墙壁……当他苏醒时，发现自己躺在茨珍原来的位置上，她已穿好衣服坐在一旁伤心地掩面啜泣，他费力地想起了刚才发生的一切，不禁重重叹一口气。他永远都是个懦弱的失败者，跟他父亲一样，天生的窝囊废。他不该对生活抱有太多的幻想，命运注定他只能在庸庸碌碌的人世间随波逐流。

“这不好……你脑子里……有个魔鬼……”茨珍哽咽道。

“嘿！他妈的……谁都可以欺负我……”他翻过身，用枕头捂住肿疼的脖子，浑身精疲力竭。

“对不起，我出手太重。我不是故意的。”他听见茨珍的轻声道歉。

过一会儿，他感到茨珍轻轻走过来给他掖好被角，然后悄然离去。关门的时候，一股气流把贴在墙上的报纸拂刮得哗哗响。

天色阴霾，窗外飘进稀疏的雨丝。

夏天是个漫长的雨季，城市浸淫在潮湿的雨幕中，绵绵不绝的雨丝把所有的声音都变得那么单调乏味。屋檐下的滴水声，行人有一句没一句的招呼声，远处汽车驶过湿淋淋路面的粘黏声，全都化入淅淅沥沥的雨声里。铅灰色的天空飘来湿润的风，让人似梦似醒，昏昏欲睡。

在那些阴雨蒙蒙的日子里，朗杰的杂货店好多天没开门，他每天和邻院的卓嘎厮混在她家的床上。卓嘎有个不合法的丈夫，长年在外面做黑道生意，有大量的金钱供她挥霍，却把她撇在家里独守空房。她在床上像罗刹魔女般贪婪粗野的动作令人触目惊心，朗杰很快就产生了难以忍受的厌恶，她的身体一挨过来他就想呕吐。后来卓嘎几次来找他约会都被他拒之门外，她终于恼羞成怒在他脸上抓出几道血痕。他知道这是理应付出的代价，便以超脱的冷静接受了对方给他的污辱没有反手回她一记耳光。他独自躺在楼上的小屋里，二十四年来他头一次吸烟，吸得满地的烟头。他打开录音机一遍遍聆听央金娜牡的歌，缠绵忧伤，如泣如诉。凉风夹着雨丝从窗外飘进来，院里一个老人的声音有气无力地在叹息："别下了，天哪！别下了，唉！"他转过身去，墙壁上画片里的女影星个个脸上还留着茨珍画出的胡子，他用手蘸了些唾沫往上面蹭擦几下，那胡子被抹成黑乎乎的一团，画片上的女人变得更加苍老和丑陋。

"你们都老啦。"他对她们说。然后转过身平躺，望着粘在屋顶上的几只苍蝇："这日子也过老啦。"

录音机里传来央金娜牡的歌声："当你寂寞的时候，呼唤我……"朗杰听了浑身战栗，两行热泪顺着脸颊流在枕头上。

十月末的金秋辉煌而短暂，又是一个伤感的季节。人们在风景优美的树林里纵情享乐，被泛着泡沫的啤酒灌了整整一个夏天之后，在秋天金黄色夕阳的映照和山谷里清风的吹拂中醒来，似乎想振作精神干点什么有意义的事已经晚了，眼看冬天又将来临。

这样的季节给小巷的人们带来了困惑和晦气，市政工程队的工人们为这一带敷设下水管道挖壕沟时，在离朗杰杂货店大约七八十米的一处墙脚下挖出具高度腐败的尸体。警察们在旁边一座正要拆除的空院里支起一口大锅，运来一车柴火和几桶汽油，把尸体放进锅里沸沸扬扬地煮起来，为的是让腐肉脱落后根据骨骼和牙齿鉴定出死者的性别年龄和有关死亡原因的其他线索。警察们守在院里一连煮了三天，空气中散发出令人作呕的腐臭气味使得周围的居民叫苦连天，纷纷关闭门窗躲在家里诅咒警察干的缺德事。更多的人锁了门带领全家去落满秋叶的树林里做最后一次郊游。

朗杰知道自己还没忘记茨珍，猜想她是否也参加了办理这个案子，便照常开了店铺坐在门前，希望能够见到她。时常有三两个警察从那头空院出来到杂货店买一两盒香烟或几瓶啤酒。来了几次之后，朗杰跟他们搭上话。

“先生，还没忙完？”

“真他妈可恶。”警察摘下橡胶手套厌恶地扔在门外，接过啤酒坐在门槛上歇息，喝了几口说，“简直就像炖老牛肉似的怎么也煮不烂。”

“这几年我们周围也没听说哪家有人失踪。”朗杰说。

“我们也查过，大概是外来的。”警察想了想说，“说不定我们瞎忙了半天是个古代的什么人。唉，这种事情不是没有过。”

朗杰留神观察那边空院，虽然有时也看见几个女警察出出进进，但始终没有看见茨珍的身影。他开始为自己故作多情忍受腥臭的气味空守在这里感到可笑和羞愧。

当那个戴黄帽穿棕色套裙的年轻尼姑用袖筒捂住鼻子走过来向朗杰要一碗凉粉时，他无法想象这个时候她怎么能吃得下去。尼姑坐在小凳上斯文娴雅地吮吸凉粉，朗杰的头皮阵阵发麻。他拿抹布胡乱在货柜上抹擦，又挥赶盘旋在屋里的苍蝇。

“辣椒是不是少了点？”他远远地站在货柜边问道。

“这味道不如以前了。”她抬起头，幽静的眼神透着淡淡的忧倦。

“那是，邻居们都在抱怨。我打算以后不再卖这道菜了，也赚不了几个钱。”

“哦，那就别卖了。”她垂下眼，继续轻吮碗中的凉粉。

朗杰不知道自己要干什么，在狭小的店铺里来回走了几步，才发现手中还拿着抹布，他把它扔在地上，抬起头望着屋里飞舞的苍蝇看了半天。

“你还听央金娜牡的歌吗？我最近弄到一盘磁带……听说是她最后录制的一盘……”他说。

她皱起眉梢，仿佛想弄明白他说的是什么。

“你别——这样！”他忍不住嚷嚷起来，“我并不想为难你，可你也用不着装成这个样子。你瞧，以后咱们还算是邻居。”

茨珍放下半碗凉粉，站起身从怀里掏钱。

“在未到达彼岸之前，我自然与万物为邻。”她说。

“可你永远也到达不了彼岸。茨珍，咱们还得做好多年的老邻居哩。”他有几分残忍地说。

“善男子，多少钱？”

“五毛，老价钱。什么，善男——子？”他凑近她恶声恶气地说，“你撒谎，你根本就没有一个妹妹在当尼姑，那就是你自己，你的灵魂早就飞进了尼姑庙。但是只有我才知道你以前很堕落。”

“很堕落，以前是。”她点点头表示同意。

朗杰看见她端庄的背影笼罩在一轮金黄色圣洁的光环

中朝着耀眼的夕阳走去，如同一个缓缓远离的靶子。他抬起右手做了个持手枪的动作朝她的背影瞄准，伸出的食指笔直指向她心窝。“叭！”他嘴里发出声音。茨珍像被射中似的浑身颤抖一下。“叭！叭！”他又开了两枪，那身影在金色的阳光下化为一团虚光。小巷宁静而空荡，仿佛不曾有人从这里走过。

“你死了。”他说。

入冬之前，邻居家的老太婆们陆陆续续都回来了，她们个个衣衫破烂，蓬头垢面，见了家人兴高采烈地又哭又笑。到最后只剩下朗杰的母亲还没回来，像个爱捉迷藏的顽童不时地在各地托司机捎个信来，语气还是那么轻松愉快。反正朗杰也找不到她，并且没法跟她通信联系。母亲的行为近似于耍无赖，像是执拗地跟谁过不去，或者是在逃避什么，看来是不打算回家了。朗杰想要是有一天收到母亲从阿富汗或阿根廷什么地方寄来的信他也绝不会感到惊奇。

第二年的春天，朗杰跟一个叫梅朵的姑娘结了婚，梅朵是医院的护士，是个腼腆温柔的姑娘。婚礼在梅朵家举行，虽然办得不像有钱人那样豪华阔气，但梅朵在拉萨有个庞大的平民阶层的家族，前来贺喜的亲戚们如同举行盛大集会一般把她家的院子挤得水泄不通，宴请活动一连持续半个月也算够得上水平了。婚礼之后也没有朗杰所担心的会累得大病一场，亲戚们只顾吃喝玩乐，才不在乎新郎新娘会躲在哪里。婚后朗杰还守着他的杂货店，妻子时常去鲁钦寺里施舍点茶水，为佛灯添几勺酥油，回家时对朗杰说她见到了茨珍。茨珍脸色憔悴，眼光黯淡，梅朵多次劝她去医院检查身体，她总是说她在这儿过得挺好，朗杰听了很伤感。每当下午刮起漫天狂风他就早早关了店门，妻子在医院还没下班，他一个人躲在楼上小屋里打开录音机听央金娜牡的歌。如今从无线电广播里已收听不到她的歌了，朗杰一直保留了她录制的两盘磁带。这个时候拉萨又冒出一批红得发紫的男女歌手，听众为之倾倒，但朗杰心里仍然珍藏和迷恋着央金娜牡那平静悠远、略为沙哑带着忧伤韵味的歌声，这歌声是刻在他往日岁月里无法抹去的印迹，在他孤寂和沉沦的日子里，它像朋友一样给过他许多的温暖和抚慰，不论在何时何地只要一听见那熟悉的歌声就能寻找到失落的往昔和从前的自己。

有一天他产生了念头，何不去见见这位他十分仰慕的歌手呢，但又不知怎样才能见到她。后来才打听到央金娜牡已不像从前那么走红，每晚在一家叫“蓝宝石”的歌舞厅里献唱，进那里面门票只要四元钱。

星期六晚上，他和妻子打扮了一下双双骑车出了门。这是一座因电力不足显得黑沉沉的城市，街上行人稀少，路灯昏暗。“蓝宝石”歌舞厅在城西方向，进去后狭小的空间乌烟瘴气，净是些妖冶怪气的男男女女。透过蓝幽幽的灯光朗杰四下巡视，看见角落几个叼着烟卷无精打采演奏乐器的男人旁边站立一个女子，穿着既华贵又俗气，浓妆艳抹，手握麦克风嗲声嗲气地扭动腰身。他问旁边一个人央金娜牡来了没有。那人冲角落噘噘嘴说：喏，那不正唱着吗？朗杰无论如何也不相信那个歌手就是他心目中的央金娜牡，连歌声都不像。他又问了一个人，另一个人冲角落挤挤眼皮说：喏，就是她。老兄只要你肯出三十块钱，我保证这小妞会跟你上床睡觉。朗杰觉得生活处处在捉弄他，伤心失望地拉着妻子离开了歌舞厅。

回家的路上，朗杰稍落在妻子后面，望着妻子骑车的背影和动作，发现她的形体非常难看。朗杰心想：这娘儿们，该生孩子了吧。

自由人契米

——洛达镇轶闻之一

这个时候，契米正走在通往镇里的一条土路上，路面的粗砂粒硌得他脚很痛。他走一阵便脚不停步地斜转过身，渐渐成了退步倒行，仿佛在观赏自己后面那一长串歪歪斜斜的脚印，也时常正要转回身时脑袋会撞着树干，要么撞进迎面而来的行人怀里，或者不知不觉溜滑到路旁的沟里去。

这个时候，道路上只有他一个人。

洛达镇人信奉一个名叫“柏科”的女神。他们常常虔诚认真地说：“向柏科神起誓！”

经常可以看见一名警察背着手不慌不忙地从广场那头转到街道上来。

契米走进镇里，在一家杂货铺前站住，行人们见了他都纷纷交头接耳，低声议论：契米又跑出来了，他这是第五次，不对，是第八次了。

一条主要街道。两边开设着几家杂货铺、小酒店，一家裁缝店和一个铁匠铺。居民区分布在街道两旁。

契米和熟人们点头招呼，他不去计较别人对他敬而远之的态度。

杂货铺的女主人娜牡看见他，双手捂住胸口：“契米，你又回来啦？”

“回来啦，真不错。”

“咳！”她不知该说什么好，“这冬天到了。”

“总不会是放你出来的吧？”一会儿，娜牡又问。

“噢，还是老办法。”他在女主人门槛边坐下，接过她递来的鼻烟壶，往左手拇指甲上抖出一撮。周围其他做生意的人也跟契米热情招呼起来。

契米知道自己每次逃出来后不应该回到洛达镇，而应该逃到更远的地方去。但他想象不出还有别的什么地方可去。在他的感觉中，能无拘无束跟人说话，听听人们亲切地叫他名字，除了洛达再没别的地方。

“怎么，”女主人低声问，“还像前几次一样，不到一撮烟的时间又给逮回去？”

“是谁家煮羊肉？”他闻出来了。他从不理会女主人的话。

“斜对面梅龙家，早上看见他提了腿刚宰的羊肉回来。我想，他要是知道你回来了，会请你去做客的。”

“这倒不错。”他抹了抹嘴唇。

忽然，街上所有人的脑袋一起扭向北边，那里出现一个人影。

又一起将脑袋转向契米。

警察来了。

警察背着手向这里走来。契米磨蹭起身子，伸长了脖子望去，警察也发现了契米。他神经质地抬起一条腿准备向后使劲一蹬门框夺路而逃，但是那条腿始终提在半空没动弹。警察从他身边走过，向他招呼似的点点头，又径直走自己的路，那样子像是在苦苦思索自己生活中这一辈子也没有解开的什么谜。

警察走过去了。

大家也松了口气。

“契米，这回，他们真的放你了？”他们问。

“反正，我还是老办法出来的。”

大家又埋头干自己的事。

契米向娜牡告辞后，走进广场附近的一家甜茶馆，里面没几个人。他敲空杯子，一个姑娘过来倒茶。

契米喝茶。

他根本不去想他们为什么放掉他。

一个青年人坐在他对面，望着窗外。他叫金·瓦吉，是这个镇有名的金氏家族的小儿子。人们很少见到他，据说他体弱多病，整天被关在深宅大院里。他有一副孤独的形象，眼睛忧郁得那么可爱。契米知道他，只是跟他不熟悉。

“少爷。”契米对他点点头。

“你回来啦？”

“是啊。”

“怎么样？”

“什么怎么样？”

“随便。”

“都不错。柏科保佑。”

金·瓦吉满意地点点头，又扭向窗外。外面是街道，一直可以望见镇子的尽头那一棵枯叶稀落的核桃树。

街道的行人都是彼此相识的洛达镇的人们。

“你回来后打算干什么？”金·瓦吉问。

“再说吧。”

“还是干老本行好。”

“我干不了，他们也不会让我干了。你知道，我这双手本来很适合在寺庙里擦祭器、铜佛像什么的。”契米亮出自己的一双手。

这的确是一双奇异精美的手，它长在契米身体的两边真不可思议。这双手的皮肤细嫩柔滑，光润莹洁，像奶油般酥松轻软，仿佛轻轻触碰便会印下深浅斑痕。手背上茸茸的毫毛细凝着珠珠晨露般的汗液，肌肤下分布着弯曲的淡青色的筋络。契米很得意地欣赏了一会儿，便把它深藏在两腿中间。

“你好像在等一个人。”契米问。

他没有搭理。

“或者在等待什么奇迹，”契米嘟囔道，“我活了几十年，生活告诉我，你晚上什么梦都可以做，但睁开眼后什么奇迹也没有。有吗？”

“我一直想弄明白，我家那些木碗的实际价值，它们一定象征着什么。也许能碰上一个外来的云游大师会告诉我。”

“我也想了很久，我总有个丢不掉的感觉，你家那些木碗会不会是女人的化身。”

“你等等，女人？好！你说下去。”

“我这是在胡说，少爷。”

“就这么胡说下去，千万别闭嘴。”

“你没听有一首歌吗？那意思就是说带着你呀不方便，丢下你吧又舍不得，你要能变成只木碗该多好，揣在怀里跟我走天涯。”

“噢，你是这样理解的。”

“我这是在胡说。”

“女人。”

“你家还有多少木碗？”契米问。

金·瓦吉家不知从哪一辈起跟另一家豪门结下了冤仇，在两家相对的门前各自画地为牢，彼此不准跨越对方地界，这个规矩世代承袭。一次，对面家的一个女佣喝醉酒走错了门，跑进金家院里，被金家的马夫按倒在厨房后的柴草堆里奸污了。当时洛达还没有设立法律机构。为了解决这一事端，两家人分别坐在地界边，齐声对柏科祷告，把事件的过程呈述一遍，请她怀着大慈大悲的菩萨心，公正地判决她的臣民中发生的不幸事件。全镇的人都赶来观看凑热闹，有扒墙头的，骑树枝的，站房顶的。只见双方闭目静坐，全镇的人都紧张地屏住了呼吸，鸦雀无声，等待奇迹，不到一碗茶时辰，空中发出了阵阵雷声，谁也不敢抬起头来，据说有几个不惧神灵的莽汉抬眼望去，早被五彩虹霓的极亮的光环照得双目失明，久久不能言语。柏科在天宇无形中传来了判决的声音：金·索堂（瓦吉的祖先）向帕罗·贡桑吉普（女佣的主人）献送一只红榆木碗作为赔偿。

没有任何一位神祇能比柏科做出更为公正的裁决了。

大家心服口服。

从此，一旦金家需要对某一事件承担责任，便拿出相应的木碗作为赔偿。

大家心服口服。

这都是多年的传说了。

“你照我脑袋砸一拳头。”契米说。

“打哪儿？”

“打脑袋，把我打昏。”

“想得到只木碗？”

“不瞒你说，这也是我多年的愿望。”

“我这样做，不是白送给你吗？”

“倒也是。那，算了。”

“你应该干你的老本行。”金·瓦吉说。

“我干不了。我生来是去寺庙擦法器和铜佛像的料。不知为什么，喇嘛就是不肯给我剃发受戒。”

“他们为什么放了你？”

“不知道。再说，知道了又有什么好处呢？”

“总之，从现在起，你又是自由人了。”

“对，我是自由人了，像风一样自由。”契米一想到“自由”这个词，心里就感到像风一样空荡荡的。

“来，喝了。”金·瓦吉说。

他们喝完一杯，又添一杯。

契米没钱。

他知道青年人会替他付钱，他有钱。

他果然一点不在乎地替契米付了钱。

“你以前到底是干哪一行的？”金·瓦吉低声问。

“原来，你不知道？”

“对，你别把眼睛瞪得像核桃。”

“柏科有眼，说了半天他竟不知道我的老本行。”

“别喊了，讲给我听听。”

“你要是，要是你知道后反而会觉得没意思。”

“我用一只木碗换。”

契米告诉了他。

契米原在镇东管理草料仓库，每到收割时节，人们把在打麦场上脱完粒的麦秆运来堆进草料仓库，洛达镇人在冬天全靠仓库里的草料喂养牲口。契米的职责主要是统计和防火。其实也没有谁想毁掉自己的牲口。

几个月前，他刚忙完了一阵，秋后的草料在场子里堆成小山。契米又没事干了，无聊得正要早早睡觉。有人敲门，他开门。一个流浪汉向他讨口热茶。他热情地把他请进屋，煮了一大锅牛肉，打了一壶浓浓的酥油茶，还把自己埋在羊圈地下的一坛烈性酿酒挖出来。两人盘腿对坐，敞怀对饮。契米许久没有这样痛快过，多少个深夜都是独自宿眠。一坛酒喝掉大半，他俩就醉醺醺睡死过去，半夜时分，草料场不知什么原因突然失火。那是镇里一个出来解小手的男人发现的，他听见狗叫得反常，抬头向东一看，第一个感觉是东方出现了红色曙光。他猛然醒悟过来，扯起嗓门大声喊叫失火了。火势凶猛，把整个洛达映照得明亮通红，在两里地之外都感到阵阵扑面而来的热浪。镇上的人们纷纷从家里跑出来赶到草料场，但没有一个人去救火。几个姑娘站在旁边互相端详对方，她们惊奇地发现在火光的映衬下脸颊变得那么红润漂亮。有人把家里的肉条拴在长杆上伸进火海中迅速翻搅，片刻便烤得香喷喷的，吹着冷气飞快地撕下一绺熟肉放在嘴里有滋有味地品嚼。更多的人远远地站在旁边漫不经心地议论着。谁都知道无法扑灭这场大火，既然转世做人一次不容易，哪能轻易将自己珍贵的生命往火坑里送。熊熊的火势爆发出山崩地裂的轰隆声，把人们耳膜震得嗡嗡响，无数的小火星密密麻麻满天飞舞，几乎覆盖了整个洛达镇上空，构成了一幅百年难遇的大自然雄壮的奇观。有几个做善事的强壮的男人冒险冲进那片还没燃得旺盛的草料堆边的土坯房里把同类抬了出来。契米和流浪人醉得不省人事，被人放到一条沟里连眼皮都没有睁一下。由于麦秆燃烧很快，几十万斤草料到第二天中午就全烧干净了，高高的草垛夷为平地，白色的灰烬覆盖着黑色的麦秆遗骸，稀稀落落的残烟在灰堆上缭绕。

虽然一个冬天的草料烧得白茫茫一片干净，人们并没有惩罚契米，大家相信这不是他干的，他只是没尽到看护的职责。洛达镇的人们只是把困惑不解的流浪人重新灌醉后，几个男人抬着他，后面跟着一大群唱歌的男女老少，一路上尘土飞扬，高高兴兴地把流浪人抬到离镇子不远的玛曲河畔。两个人分别抓住他的头和脚，在半空中来回晃荡几下，大家齐声高喊："一、二、三，使劲！"便把他高高抛入河中，水里溅起了高高的浪花。一切都平静了。因为有人看见他是从东边走来的，所以就让东流的河水把他送回家乡去。因为流浪人是外乡人。

这队人又照例高高兴兴唱着歌回来。轮到处理契米了，他们作为有责任感和义务感的村民不能不管。经过商量，他们扶起刚刚醒来的契米，用各种好言劝慰。一路上，大家低着头默默无言，像出殡似的把契米送到警察手里，这也是不得已的事。

契米先后七次从监狱里逃出来。从第四次逃跑被重新抓回后，警察不得不搬出他们的法宝，给契米戴上最新式的狼牙手铐，这种手铐犯人往外挣它自动往里紧箍，到最后钢腕边缘里的一圈尖齿就会穿破皮肉一直深深扎进骨髓里。这副手铐只给两个人戴过，第三个便是契米，那两个犯人各自有一段惊险的故事，那是后话。但是，契米却有一双无与伦比的奇妙的手，他手腕和手指关节的骨头天生橡皮似的异常柔韧酥松，加上如油一般光滑的皮肤。他戴不到三分钟便毫不费劲地将自己的手从狼牙手铐中抽脱出来，之后便安静地等待。深夜到来时，又将手铐作为使用起来既顺手又方便的越狱工具，把墙掏出一个洞钻出去。然后呼吸一下黎明前的空气，向洛达镇走去。

契米后来常对人讲，他之所以要逃出来，是因为牢房里有一股甜滋滋的铁锈气味，他不能忍受那种怪味。

金·瓦吉也听说过草料失火的事，但具体情节他一概不知。他听完后认为契米讲述的这些，不值得自己付出一只木碗，因为他想知道他们为什么不再抓他了。

“这，你问他们，我怎么知道。”

契米的确不知道，就因为他不知道这一点，所以他没得到一只木碗。他很失望，又无可奈何。

他悻悻地从甜茶馆出来，碰见了梅龙，梅龙果然邀请契米去他家吃一顿香喷喷的手抓羊肉。

契米当然不会拒绝。

梅龙是一个众所周知的手艺高超的裁缝，同时又是一个不为人知的机械匠。他正在秘密制造一种穿透力很强的火器，他有一个美丽放荡的大女儿，他还有一个美丽富于幻想的小女儿。关于梅龙家的轶事，后面将要谈到。

洛达镇警察的内部业务工作是保密的，但是后来有人透露，洛达的警察只有手铐而没有脚镣，于是，在警察内部的法律条文中又新添了一条规定：对于能三番五次越狱成功，像契米这样实属罕见铐不住的犯人，将不再追究刑事责任。

黄昏来临时，契米从梅龙家出来上了他家的厕所，厕所挨在房屋边上，几级石阶通上去，像一座小碉堡。

他扫了一眼全镇，在炊烟下的所有房子没有用石灰或别的什么颜色粉刷，都露出本来的颜色——土黄色。

洛达镇是个土黄色的小镇。

流放中的少爷

——洛达镇轶闻之二

少爷贡萨在一个狂风蔽日的黄昏被流放到洛达镇。押送他的士兵和马车夫把他的一点行李卸在广场后赶着马车匆匆消失在飞扬的黄沙里逃走了。他仿佛被抛到一个梦魇般被遗弃的死村。家家闭门绝户，路绝行人，连条野狗也看不见。一簇簇圆球般的干刺团在狂风中从他脚下飞滚而过，房屋在风沙里显出幻影般淡淡的轮廓。直到快天黑时，出来一个男人把他领到一个老太婆家，她叫阿妮妮，孤身一人。贡萨住进了阿妮妮家。

贡萨的一身城里人的奇装异服和波浪般飘逸的发型在这里显得格格不入，在阿妮妮的劝说下，他去了裁缝梅龙家，梅龙为他缝制了一套洛达人穿的黑色氆氇衣裤，上衣短得一扬胳膊就露出肚皮，衣领坚硬竖挺，从脖子左胸到左腋下各钉一颗铜扣，袖口衣领胸襟都镶了一道金边。然后他的头发又被铁匠阿丁剃成洛达镇男人们那样的锅盖式。他回到家一照镜子差点昏过去，再也没有比这更土更傻的模样了。

这样一来，洛达镇的人就不把他当作外人了。

这样一来，裁缝梅龙的小女儿雍娜爱上了他。

黄昏时分。贡萨和雍娜在镇上唯一的一条街道上并肩散步，一直走到镇头那棵古老的核桃树下再返回来。

裁缝的女儿雍娜美丽而富于幻想，心肠像水一样柔软，很同情贡萨的遭遇，时常为他的不幸落泪。

“没什么，我爸爸也被流放过。”他说。

“是的，我听我爷爷讲过。”

“可是镇上的人不喜欢他。他们也会讨厌我的。”

“他们只是不懂怎样跟外来人交朋友。”

“你又是怎么学来的？”

“我不知道。”

洛达镇总是那么宁静得毫无生气。

闲时，人们无所事事地坐在门槛和墙根下闭起眼舒舒服服地晒太阳。贡萨和雍娜经过商量，认为有责任和义务激发起青年们的热情和上进心。不久在阿妮妮家门口挂起了一块牌子：青年之家。贡萨把年轻人召集在一起，打开自己带来的一台小收音机，大家听到电台里播放的都是些与自己的生活无关的事情也就渐渐没了兴趣。贡萨又提议教他们唱歌，他唱了《老人河》《喀秋莎》《绿色的原野》，年轻人也唱起来，他们唱的都是些祖先流传下来的，要么像儿歌一样简单，要么就是些猥亵下流的歌。

闲时，他们晒着太阳，除了向柏科女神做一些没有目的的祈祷外，唯一的兴趣就是期待着巨人的出现。洛达镇北面山坡只有一座寺庙，叫拉康寺，那里有一位大喇嘛很久以前去山洞里修行，后来练得一身神奇的本领，能够显现出各种不同的化身。他常常变成一只巨大红色的鹰从洛达上空飞过，直到他的身影消失在山背后时，镇子里忽然莫名其妙地发出惊天动地的声音，仿佛要把房屋都震坍。

大喇嘛的本领的确很神奇。

贡萨也目睹了大喇嘛从空中飞过的情景，感到大地的震撼。但他一点也不惊奇。

洛达人因为他对这一现象一点也不惊奇而惊奇不已。

到晚上，洛达镇早早入睡了，没有光亮，没有声息。贡萨睡不着觉时便一个人在广场上乱转，清冷的月光洒在地上一片银白，他看见自己的影子像幽灵一样缠在自己脚下，越加感到阴森恐怖，最终逃回阿妮妮家里。

“当年，在这屋里我侍候过老爷，现在我又得侍候他儿子。我敢打赌再过二十年我还会在这儿侍候他孙子，如果那时我还活着的话。”她总是这样唠叨。几分怨气中又带着几分自豪。

“我敢打赌，奶奶，我是我们家族最后一名被流放的贵族了。”

“是不是最后的得由柏科女神做主。”阿妮妮摇摇晃晃爬上矮铺。她解开了腰带，长过脚背的宽松黑色裙袍像大鹏展开的翅膀。临睡前她总要面朝西方磕上三个长头，在屋里一盏小油灯的映照下她那忽起忽落扇动的黑影子投在土墙上像一个巨大的妖魔在墙壁上跳着古怪的舞蹈。

贡萨看得心惊肉跳蒙住脑袋，在被窝里悄悄打开收音机胡乱地调着电台频率，无数的电波交织在夜空中，一会儿听到的是英国伦敦 BBC 广播公司的歌舞节目，一会儿是美国之音的空中杂志节目，一会儿是莫斯科广播电台的环球新闻节目……

“孩子，你被窝里是不是藏了一只老鼠？吱吱吱，吱吱，像是要下崽了。”阿妮妮在黑暗中沉重地翻个身说。

“这只老鼠不会下崽，它只是给我讲些有趣的故事。”

“哦，那一定是只公老鼠。”

他收到了圣城的电台，一个女播音员的声音听着耳熟，他竭力回想在圣城风流时是否认识她：“……的飞机自今年以来不断侵入我国领空，我外交部发言人就这一事件……”电台信号微弱，被杂音干扰得时隐时现，“……并提出强烈抗议。”

有一天，牧场上的人从山上跑进镇子里报信说，他们放牧时看见一对外国夫妇背着孩子还带着一个像翻译的边境土人和几匹马正朝这边走来。这消息使得沉寂了多少年的洛达镇变得喧嚣热闹起来。阻挡外国人的入侵是他们义不容辞的责任，也是不常有的一种仪式和乐趣，祖先们曾多次把形形色色进行各种冒险活动和间谍活动的外国人成功地阻挡在镇外的玛曲河对岸，迫使他们从原路返回，这些功绩早已演变成古老动人的神话传说。然而曾经有一支由神枪神炮武装的几百人的外国军队，面对由无数村镇部落聚集的、成千上万名手执刀剑保卫家园的男男女女，如入无人之境，大模大样过了玛曲河畔直进圣城，那段印着耻辱的往事却被人们竭力忘却了。一时间，洛达镇尘土飞扬，狗在狂吠，马在嘶鸣，人们发出驱鬼似的咆哮。男人们从堆杂物的库房和灶膛角落寻找出祖先遗留下的长矛刀剑，古剑已锈在鞘里拔不出来，只好把剑鞘牢牢绑在树干上，剑柄一端用皮绳系在马尾巴上，主人大吼一声朝马屁股擂上一拳，马儿一个腾空飞奔终于把剑从鞘里拔了出来，一看，还有半截已锈断在鞘里。女人们在惊叫，她们从古老的传说中学到了出征前女人所应有的表现：比如向正襟危坐在马上的战士们献上大碗的酒，又时刻担心他们酒醉后从马上掉下来。在队伍出征前的那一时刻她们哭叫着紧紧拉着丈夫和情郎的缰绳不放，必须得狠狠挨上几皮鞭几刀背或被踢上几脚还要被狂奔的马拖出一段路才迫不得已地松开缰绳，趴在地上扬起手朝远去的马队喊道：“勇敢的人儿，柏科会保佑你胜利归来！”

一群乌合之众聚集在玛曲河边，几根圆木架成的小桥是通往洛达镇的必经之路，守住这座桥就能把入侵者挡在门外。

当河对岸那片沙滩的山脚下出现了几个人和几匹马后，洛达的战士们进入了战争前的紧张状态。镇长是一位和平主义者，他想挑选两个人壮起胆子过桥去跟入侵者谈判，当挑到裁缝梅龙时，才发现在人群中见不到他的影子，人们不相信他居然如此胆小，在紧急关头临阵逃脱了。

不消说，从圣城来并见过世面的贡萨成了镇长满意的随员。

这是一对从欧洲来的白人夫妇，背着一岁左右的儿子，他们声称此次旅行只是为了瞻仰这里的神山圣湖，并取道去圣城进行虔诚的朝拜，不存在任何政治、军事或其他方面的目的。镇长委派贡萨通过对方的翻译跟冒险家进行了交涉，说明如放他们过去，圣城的官员将会对洛达镇的村民给予严厉的惩处，为此他们无权放对方通过，必须请示圣城的官员。

白人背上的孩子引起了洛达人极大的好奇和爱悯，他们渐渐围了过来。男孩那毛茸茸的金发、蓝色的眼睛、翘起的小鼻子和奶油般柔嫩的皮肤引起阵阵啧叹。他们从没见过长得如此奇怪又如此漂亮的孩子，简直像是天堂中的小菩萨。怀着对珍稀的小动物般的疼爱之情，他们纷纷伸出手轻轻抚摸孩子的脸蛋。孩子仿佛从他父亲身上继承了欧洲绅士彬彬有礼的秉性，不哭也不叫，张开小嘴朝围在他身边的这些异国的村民们频频点头微笑，不一会儿他的脸蛋已被无数双手摸得油亮污脏。他的父母也边走边宽容地对这些善良的当地人点头微笑。有人提出用五头牦牛跟这孩子做交换，父亲连连摇头。人们提醒他们要是去别处千万当心，有人会把这孩子当作稀罕的纯种狮子狗或珍奇的袖狗[1] 一样偷走，不过在这里只管放心，洛达没有贼。不知不觉，这对欧洲夫妇已走上了木桥，有人呀的一声大叫，纷纷醒悟过来，举起刀枪变黑了脸又把欧洲人逼回到桥头边。

欧洲旅行家当夜在河边沙滩上安营扎寨搭起帐篷。

接下来便是一轮又一轮无休止的谈判，贡萨每天随镇长过河跟具有惊人的耐心和坚忍精神的欧洲人磨嘴皮子，从两国之间的利益到两国之间的信仰再回顾历史的教训到雪域境内的特殊性又回到两国之间的利益……每次结尾时都发现重新回到了开头的话题上，如此无限循环。贡萨不能成天光磨嘴皮让两手空着，于是他把从家里带来的一床英格兰长绒毛毯拆除后重新梳刷成羊毛团，然后一面进行谈判一面捻羊毛。欧洲人对这位捻毛线的年轻的乡巴佬的口才大为钦佩。那个男的说："你真是个天生的外交官。贵国怎么如此不重视人才，让你在这个穷乡僻壤白白消耗生命的岁月。"

"请注意，先生，我不是本地人，我是被流放来这里的贵族。"

"真……有意思。"欧洲人惊叫起来，激动地说，"这更增添了我一定要进入圣城去看看那里秘密的好奇心和

① 袖狗，一种罕见的微型小狗，可藏在袖筒里。

决心。”

“我完全理解您的好奇心，正如我对您的国家感到同样的神秘和好奇一样。但是……”贡萨此刻根本记不清自己在说些什么，只是下意识不停地以无懈可击的辞令谈论不休，只是十分留意他手中的羊毛线是否捻得粗细均匀，只是想着雍娜。那天他在她面前严厉地指责了她父亲怯懦可耻的行为。她不知如何替父亲辩解，只是默默地流着泪听任贡萨的斥责。

但是贡萨和雍娜根本不知道，连洛达镇所有的村民都不知道，梅龙正在加紧制造一件秘密武器。他十年前偶然从一个修行者的山洞里捡到一本残缺破旧的古经书，名字叫《威震三界降伏孽障之金刚火焰神器制作极深密门径》，十年来他一直潜心琢磨这里面深奥的词句、艰涩难懂的计算公式以及稀奇古怪的图形。他最终要完成这件杀伤力极强的武器并不是为了对付外来的入侵者。他有着另一番不可告人的目的。

贡萨与雍娜相爱，最大的苦恼是不能跟她做爱，她坚决不答应。再说一旦跟她弄出个孩子，他也许永远也回不到圣城了。但是梅龙的大女儿、雍娜的姐姐雍西却无条件地满足了他的性欲，她是一个美丽而放荡的姑娘。两人夜夜在阿妮妮屋后的牛圈里抱滚在一起。然而两人并不相爱，这使得他很满意。

日子一天天过去了，洛达上空仍然时常出现飞人，到秋天又刮起大风。村民们定期手执武器聚集在镇外的桥边对还赖着不打算离去的欧洲冒险家进行象征性的示威。贡萨作为全权代表每天早晨去河对岸谈判，就像居住在玛曲河两岸的居民早晨见了面互相问候一番那样。欧洲人把他请进了帐篷。话题由是否能通行的问题转到了美国总统的大选、奥林匹克运动会、佛教的历史、欧洲文艺复兴时代的大师们、时而动荡时而平静的世界局势、非洲土著人的生活……贡萨也学会讲英语和法语。他的毛线捻好后让雍娜织成一床又粗又硬的毯子，他双手空了一段时间感到很不自在，便再次把毯子拆了梳成羊毛团后又重新捻着毛线。黄昏时与雍娜在镇上散步。到晚上寂静的洛达镇传来贡萨和雍西做爱时的两声叫喊。阿妮妮临睡前磕长头映在墙壁上的黑影在贡萨脑海里留下了终生印象。收音机的电池终于用光了，阿妮妮便睡得很香，再也听不见老鼠的吱叫声。

眼看冬天快到了。驻扎在河对岸跟当地人足足谈判了大半年的欧洲旅行家已经彻底失去了信心和耐性。很快就会大雪封山，再不及时返回就将困在这里熬上一个漫长的冬天。他们终于收拾起帐篷以失败而告终。临走时欧洲人破口大骂：“我在全世界无数的地方旅行过，包括最野蛮的原始部落。也跟数不清的部落头人和酋长进行过形形色色的谈判，虽然也有过失败，但这次是我所经历过的最不可思议的一次超级马拉松式的谈判，并且没有任何结果。”

临行时欧洲人与贡萨握手告别，他们成了好朋友，欧洲人把一些电池送给了他。

洛达人利用拖延战术和天然的气候巧妙地赢得了胜利。他们干得一点不比祖先差。他们举行了多年难得的一次盛大的庆祝活动，家家屋角点起松烟，人们敲起铜锣挥舞火把发出嘿嘿的狂笑，庆贺把外国瘟神送走了。

两个月后，洛达人发现那场庆祝活动不过是一场自我陶醉的闹剧。后面山那边一个村庄来这里走亲戚的人说一对欧洲人背着孩子在他们村住了几天受到人们的热情款待后继续向前去往圣城了，据说圣城还派了官员在路上迎接他们。洛达人听后大惑不解，这两个非常顽固的冒险家是怎样绕到他们后面去的？千百年来他们受圣城之命不惜一切努力阻挡任何外来入侵者，为此洛达人的祖先付出了血的代价。

洛达人忽然感到他们被耍弄被出卖了，他们极其愤怒，又无可奈何。

洛达镇沉浸在一片孤独忧伤的气氛中。

有人想起前不久飞人往后面山上飞过时，从飞人肚子下面弹落出两朵大雪莲花缓缓而降。

他们确实很伤心。

贡萨离开的那天，他把捻好的几团毛线留给了阿妮妮，把收音机递给了雍娜，她知道他总是要离开的。人生有无数次轮回，她相信来世会跟他结成良缘，所以一点也不悲伤，只是有些恋恋不舍。临别时东方的启明星刚刚升起，他们在镇头核桃树下额头贴着额头行了最后一个碰头礼。

她抱着收音机一直目送他消失在朦胧的黑暗中。

十天后，雍娜无意中打开收音机，听见邻国电台的报道：

……贡萨王子越过边境后，我边防军组织一支仪仗队迎接他的到来，经过简短而隆重的欢迎仪式后，当地行政官员和军事长官将贡萨王子一直护送至阿姆拉卓德尔车站。贡萨王子已于昨天下午安全顺利抵达首都。迄今为止，贡萨王子还没有透露他此次投奔的目的。

新闻播送完了，现在请听音乐节目。

风马之耀

乌金走进营地，四五十座破烂的帐篷堆挤在这块像垃圾场似的空地上。刚下过雨，炎热的太阳腾起的热浪把营地里面所有的气味从各个角落蒸发出来，人和狗的屎尿味，霉潮的皮革、马粪、羊皮的膻臊，发酵的酒酸和人体的汗酸，汽油和塑料，野狗的尸体和老人身下透出来的腐烂死亡的气息，廉价的香水和发馊的残汤剩饭。他听见头顶划过一阵隆隆的轰鸣，抬眼望去，一架飞机驶过城市上空，将巨大的声音拖在后面。接着，营地寂静得出奇，听不见一丝生灵的叹息，仿佛飞机的轰鸣把所有的声音通通吸走了。趴在地上的野狗身上沾着密密的苍蝇，看不出是在睡大觉还是一具死尸。闯进这座营地使乌金感到悲哀。空空荡荡，死气沉沉，肮脏衰破的一座废弃的营地不是一个理想的藏身地。但是这里面肯定有人，他们也许正从帐篷的缝隙和破洞眼里窥视他。他站在空地的一块水洼旁，暴露在光天化日之下，一举一动受到里面所有人的监视。他后脑勺里面敲钟似的当当响了两声，这是一个预示。一个不知从哪儿窜出来的男孩向他走来，光圆的头上箍一道污脏的毛巾，穿一件长过膝的大人外套，像披风似的敞开，里面的肚皮上沾着泥浆。男孩嘴里叼一根烟，手拿一只红色鞭炮向烟头凑去，走近乌金身边将手一扬。乌金看见冒着嗞嗞火花的鞭炮朝自己脸上飞来，他像赶苍蝇似的一挥把它紧紧握在手中，引火捻的燃烧就像苍蝇翅膀的扇动使手心感到麻酥酥的。他刚想起这不是一只嗡嗡叫的苍蝇而是一只随时要爆炸的鞭炮，手掌还没有来得及张开它就爆炸了，痛得他甩手乱跑，觉得灼烫的手心湿漉漉的，以为炸出了血，凑到眼前一看，是一摊黄绿色的透明液体，再一闻，分明是尿水味。他把炸痛的手紧紧抓在大腿裤子上去追那男孩，三绕两绕，男孩不知钻进了哪座帐篷里。

支撑帐篷的绳索纵横交错，被木橛和铁钩钉在地上，雨过之后地被雨水泡软了，有些木橛和铁钩把地皮掀起一块，绳索失去了牵引力，帐篷的一角塌陷下来。乌金用脚把拔起的木橛和铁钩重新踩进地里，这只能是一种象征，绳索仍旧软绵绵扯不起帐篷角。他掀开了好几座帐篷的门帘，里面都没人。他随意地挨个儿掀开。在一座帐篷里，他看见一个老太婆勾着腰在数一堆古币，听见门帘有动静，身体一拱就把脑袋深深扎进双腿中间再也不肯动弹，好像在做什么见不得人的事。还有一座里面有人蒙头大睡。又有一座里面有个姑娘趴在牛毛破毯上独自玩一副又脏又破的扑克牌。

"哦啰，善男子。"他听见一座帐篷里有声音，走过去撩开麻袋做成的门帘。

一个消瘦的女人躺在卡垫上，头发凌乱，两只深凹进去的黑眼眶像是画上去的一副眼镜。她身上盖着各种旧衣服，身边裹着一个婴儿。乌金被一股极其强烈的怪味熏得几乎窒息。这怪味他从没闻到过，膻臭腥臊像是一头怪兽散发出的气味。

“大哥，我渴。”女人指指对面。帐篷外的三块石头上架着一只锅，里面还剩小半锅茶水。

“凉的。”他说。

“没关系。碗在这里。”

他舀了一碗递过去。

“男孩还是女孩？”

女人没回答。

“这里面气味真受不了，你一定还没给孩子清除污秽。”

女人没回答。

乌金捏着鼻子说话：“娘儿们，英雄我进来可不是给你递茶水当用人的。我是来找一个人。”

“我男人走了，走了好久啦。”女人说。

“不是找你男人，我找一个叫‘贡觉的麻子索朗仁增’。”

“你找他做什么？”

“不关你们女人的事。”他松开鼻子呼了口气又继续捏着。

“他就是我男人。走了有一个月啦。”

乌金知道她在骗人。他看见在她身边一只黑色的四方托盘里盛放着一柄带黑穗的四棱尖锥，这是黑教巫师念密咒时所用的法器。他知道这女人是个巫师，弄不好会让他的鼻孔里流出污黑的浓血。这时他看见婴儿动了一下，从襁褓里冒出一个脑袋，他两眼中间长着一只小小的绿色的角，脸上像长满皱纹般刻着道道，奇丑无比。原来这股令人作呕的气味就是从这头小怪物身上散发出来的。乌金胆战心惊捂住鼻子退了出去。

有三个男人站在乌金刚才站过的水洼旁，仿佛在那里站了很久。他们都很魁梧高大，差不多都在一米八以上，其中一个头上盘着黑丝穗的个子更高，另一个年轻点的脸色狰狞，还有一个在玩一枚戒指。他们全都看着他。

“伙计，打听一个人。”乌金远远地说。

他们像塑像般一动不动，眯起眼打量着他。

“要是不想开口的话，那就算了。”乌金觉得这三个人正感到无聊，弄不好会过来找碴儿。他可不想再惹些什么麻烦。

“我们耳朵没关门。”盘黑丝穗的人说。

“‘贡觉的麻子索朗仁增’住这儿吗？”

半晌，年轻的人说：“他死了。”

乌金有些发蒙，他摸摸自己的小圆头，听见后脑勺里面响起狗的两声嗷嗷叫，用拳头砸了一下，那声音消失了。

“多久死的？”

“哦，有四五个月了。听说是这样。”玩戒指的人插进话来。

乌金不再问什么，只是不停地眨巴眼睛，仿佛眼睛里落进了一只小虫。他转身要走。

“是你亲戚？”玩戒指的人问。

“不。你见过他？”

“听说过。谁都想见识见识他。是不是？”

“他没什么好见识的。”年轻人恶声恶气地说完懒洋洋打了个哈欠，一个人离开了他们。乌金感到这人有股邪气，他说“贡觉的麻子索朗仁增”死了。他想弄个明白。

“你叫乌金？”盘黑丝穗的人阴沉地问。

他不知该怎么回答，只好点点头。

“前天晚上，警察又来这里搜捕。拿着你的相片。”

“是大前天，阿旺麦隆。”玩戒指的纠正道。

“都一样。”盘黑丝穗的阿旺麦隆说，“那晚上你在哪儿？”

“强盗林卡。”

“我猜得不错。”阿旺麦隆对同伴点点头，“早先，我爷爷也在那里面躲过。他没犯什么大罪，把一家尼泊尔商人的一台收音机抱走了，他没见过那玩意儿。在林子里把收音机拆得乱七八糟，还是没从里面揪出一个能说会道的小人来。”

“今晚警察是不会来了。”玩戒指的人说。

“我不在乎。”乌金看看别处。

“塔吉，帮他找一个藏身的地方。”高大的阿旺麦隆对玩戒指的人说。

塔吉看看乌金，他大概有点喜欢这个眼下被警察追捕的杀人犯。他说：“你半夜不会给我提一颗人头回来吧？”

“听着，我是二十八岁的人了，不喜欢这种玩笑。”

“是的，大叔，我才二十九岁。”塔吉笑嘻嘻地说。

“喂！你们，该走了。”年轻人在远处朝他们挥手舞着圆圈。

“你找五十三号帐篷，自己弄点吃的。要是困了你睡靠电话机的铺位。”塔吉说。

“还有电话，通哪儿？”乌金警觉地问。

“通我的屁股眼。”他嘿嘿一笑，“捡来的，摆摆官样。”

“记住，别让看门人认出你。”阿旺麦隆说，“他是警察的耳朵。”

“呀呀。”乌金不耐烦地挥挥手，“我不是来学手艺活儿的，用不着别人咿里哇啦对我指点。”

“对，你是来找‘贡觉的麻子索朗仁增’的，杀人犯，可他死了，听说。”塔吉挤眉弄眼。他是个乐观而潇洒的年轻人。

那个穿牛仔裤胸领开得很低的女孩一听是找“贡觉的

麻子索朗仁增”，摇摇头说里面没听说有这个人，倒是有一个叫索朗仁增的，只是脸上没麻子，看样子也不是贡觉县人。她指了指里面靠墙座位上一个穿西装的年轻人，乌金昏头涨脑地闯了进去。这是一家很热闹的酒吧，门厅上方一串像随便舞画出来的谁也不认识的一种字母镶着霓虹灯，红得耀眼，让人联想到自己浸泡在鲜血之中。门边的墙上钉着一块铜牌，上面刻着几行规规矩矩的洋文和一些数字。铜牌上的这几行洋文和霓虹灯字母莫名其妙地深深刻进了乌金的脑海里，终生不忘，以致后来面对警察和法官的审讯，他凭着准确的记忆将铜牌上的洋文和霓虹灯字母一笔一画地描出时，使得警方大为困惑，最终给自己招来了杀身之祸。进出酒吧的人都穿得花里胡哨，个个举止鲁莽，谈笑粗野，看起来全是外国人。里面乌烟瘴气混杂着奇异的香味，幽暗的红绿灯随着音乐的节拍忽明忽暗，仿佛所有的人都在不停地摇晃。两个穿摩托服手提头盔的青年脸色阴沉迎面走出，把站在过道中间东张西望的乌金毫不客气地用宽阔的肩膀撞开。虽然乌金是剽悍的康巴汉子，腰中插着长刀，但是酒吧里的人似乎个个都像是不怕死的亡命歹徒，谁也不去注意他进来。索朗仁增一个人守坐在一张桌旁，面前放了一杯浓黑的咖啡，显得有些无聊。他无疑是这里的常客，此刻他熟识的人好像都还没来。乌金不声不响坐在他对面，冷冷地将眼光定在他脸上。他怀疑他不是“贡觉的麻子索朗仁增”。一副地地道道城里人打扮，笔挺的西装在变幻的灯光下分辨不出颜色，只能看清衣料是隐条纹的，做工考究十分合体，领带点缀着金片，像野兽在黑暗中闪出的疯狂的凶光。他头发乌亮，文雅大方，这里面只有他的脸型看起来还像个西藏人。乌金可没想到情况是这样，本以为见到的应该是跟自己一样装束的康巴人。他不喜欢眼前这位十分干净还有几分派头的家伙。先生。乌金凑过身体跟他攀谈起来，对方或许由于职业的关系习惯于跟各种各样的人打交道，他十分友好并且饶有兴趣地回答了乌金提出的一个个问题：不错，我就是你要找的人。他抚摸着脸不好意思地笑笑。这么多年还有人记着他的绰号。当然只有家乡人才知道这个绰号。其实他脸上一点麻子也没有，也不知怎的就被人叫上了。也许小时候脸上有过麻子，记不清了。是的家乡在贡觉县。你想喝点什么？哦你喝不来咖啡，来杯啤酒怎么样？好吧。乌金一步步仔细探询，对方合作得很好。“贡觉的麻子索朗仁增”的身份得到越来越确凿的证实。谈谈我父母？哈哈你这人真怪，总不会是打哪儿冒出的一位亲戚吧？他妈的我遇着的全是穷亲戚，跟你一样。你叫什么名字？乌金。干吗打听我父母？对，爸爸叫阿布德朗，妈妈叫察降曲珍。我们家过去是热芭家族，你都知道了。我正准备写写他们。现在许多东西慢慢消失了，那个时代呀！索朗仁增用手托着一边脸颊，闭上眼，情不自禁地回想起父辈充满辛酸和传奇的卖艺生涯。阿布德朗曾经是昌都一带名扬四方的热芭艺人，他的“躺身平转旋子”的艺技堪称一绝，场子上七十二枚铜币撒成一个大大的圆圈，在全体家族艺人击鼓摇铃的伴奏声中，他身体向空中飞旋如大鹏展翅，如乌龙翻卷，一连七十二个腾空翻跃的旋子扫完一大圈后，地上的铜币一枚不剩，通通被捡起，赢得村民们阵阵啧啧的惊叹。流浪的生涯艰辛又漫长，在寂静荒凉的山谷里，那远处的一声枪响美妙而悠扬，惊碎了在母亲怀中的索朗仁增儿时的梦幻，他永远忘不了在枪声中睁开眼睛，看见的是蓝天白云，黄色的山谷，热芭艺人的马队行进在谷底蜿蜒的小道上。枪声过后，周围死一般寂静，接着是一匹马躁乱不安的扭动，摇响了颈上当啷啷的细铃。又是一声枪响，还是那么美妙而悠扬，在整个山谷中间久久回荡。母亲尖叫了一声，把他紧紧抱住，当他的脑袋被母亲有力的手按回她胸前宽松闷热的袍子里的一瞬间，他看见母亲前面一个男人软绵绵从马背上翻落下来。多年以后他才知道那是他的一位拉胡琴的舅舅。在惊慌的骚乱中他被母亲捂在怀里，捂得严严实实喘不过气来。沉静的山谷喧闹起来，马在惊恐地嘶鸣，人在低声咒骂，子弹在空中呼啸。他顽强地从母亲的袍子里冒出头来，睁大眼注视这一场战斗。他看见远处高高的山上有几个非常渺小的人影在移动，山谷发出充满野性力量的叫喊：“啊嘿嘿——”父亲阿布德朗不仅仅是一名身怀绝技的艺人，也是一名出色的枪手。他一连几个滚翻躲在一块石头后面，不慌不忙架起步枪，拉开枪机向山上的黑影开了一枪，只见一个黑影摇摇晃晃倒下了。他再次被母亲的一只手按进怀里，他的脑袋再也没有钻出来目睹这场战斗的机会。直到许多年后看见父亲阿布德朗整日像捡牛粪似的佝着腰再也直不起身，才知道就是在那场与劫道土匪的枪战中受的伤。后来父亲腰上的枪伤复发，这位在江湖上闯荡了一辈子的热芭艺人，因为最终没能把一身绝技传给后代而痛苦万分，怀着深深的遗憾离开了人间。他死的时候儿子太小，刚刚会走路。的确如此，眼前这位穿西装的热芭人的后代，如果当初学到父亲的那一身绝技，也许会轻而易举地躲过乌金不慌不忙地朝他刺来的致命的一刀。乌金知道对方说的全是真话。在那场战斗中，他与索朗仁增所感受到的大体相同，也同样在母亲的怀中，同样目击了几个终生难忘的场面，只不过他所处的位置在另一个角度而已。索朗仁增束手无策站起来惊骇地看着他。乌金绕过桌子走近他，手中的长刀像捅破几层报纸似的毫不费力刺破了索朗仁增的几层衣服穿进了他的肚皮。他手腕又往上狠命一挑，向心脏部位捅去。他听见里面骨头碎裂的咔嚓声，看见流淌浓稠鲜血的刀尖从对方左肩骨透着衣服穿出来。乌金原以为一刀刺穿人的肉体是件困难的事，这以前他曾经无数次练习刺杀，抬刀刺向粗大的树干，刀身刺进有七八公分深，得用脚蹬着树干双手把刀拔出来。他仍然怀疑这力量能否将仇人置于死地，现在才知道这一刀足以穿透两个人。索朗仁增脸上的肌肉东一块西一块地抽搐，似乎这一块块肌肉在他生前从未好好利用过，现在才做最后的展露，他发出冷笑般的两声哼哼，脑袋一耷拉，身体倒下来。酒吧里一下哑然无声，坐在里面的人不知是对这种事已经习惯了还是吓呆了，都一动不动默默地看着乌金。至少还有一个人是条汉子，他把手中的一张扑克牌熟练地扔在桌上，肘子碰碰邻座又用指头弹弹桌面意思是该你出牌了。邻座看看牌，手腕一抖翻出一张黑桃 A 吃掉了对方。乌金将刀在死者的西装上揩掉血迹，那上面没有印上血的颜色，他想死者穿的大概是一件血红色的西装。他无论如何没见过有人穿这种颜色的西装。他提刀走出酒吧，没有任何人拦住他，倚靠在门口的那位穿牛仔裤胸领开得很低的女孩也许不知道里面发生的事，对他手中的刀并不在意，叼着香烟双手抱在胸前，用一副冷漠的目光乜斜着他。这使他想起什么时候在电影里见过的那种女人。“臭婊子！”他骂了一声。没有路灯的大街漆黑一片，没有任何人来追赶他或拦截他。他听见一阵哗哗的滚动声。因为他从未听过海边的波涛声，所以他认为这附近可能有个大广场，这声音就是万人集会的鼓掌声。他没有目的地行走在黑暗中，脑子里不时地响起寂静的山谷里那一声美妙悠扬的枪响。这样动人的故事也许将来不会有人经历了，总之他结束了这一切，于是觉得浑身轻松自在。苦苦追寻了这些年，磨破了多少双靴底，耗费了多少精力，没睡过一个安稳觉。现在总算完事了，将来有人一提起他的名字会竖起拇指为他骄傲的。他不在乎能不能看见这一切，他感到身后有无数的影子在鬼鬼祟祟地尾随着他，回头一看，他身后闪烁起一片绿色的星光，如同死者领带上点缀着的金点。原来是一大群野狗悄悄地聚集在他身后，仿佛随时会扑上来将他撕成碎片。他不相信死者的灵魂会这么快变成野狗来报复他，他掂掂手中的刀，随时准备进行一场拼杀，但一看就慌神了，再摸摸刀鞘是空的。他不明白分明一直握在手中的杀了人的钢刀什么时候就变成了一条风干的羊腿肉，放在鼻子底下闻闻有股带血腥的人肉味，厌恶地朝远处扔去，只见一群野狗像闪电般吼叫着飞快朝羊腿扑去，从他身边掠过一阵风，掺杂着臭烘烘的腐烂气味。那边的黑暗中立刻传来野狗们争抢食物撕咬的嗷嗷叫。乌金松了一口气想道：反正跟随自己多年的刀已经毫无用处了，他并不想再杀第二个人。嘿！那串神奇辉耀的字母是哪一国的呀？弯弯扭扭连在一起叫人看着就想跳舞或者找个女人痛快一番。当年吞弥·桑布扎创造文字时肯定也没见过有这种字，那铜牌上写的是什么呢？有机会一定再来一趟，不是去杀人是去喝酒，那里的啤酒味道不错，然后如果那个站在门口的臭婊子不大喊大叫的话……算起来有好些日子没跟女人睡过觉了。

一清早，流浪的康巴人从低矮的帐篷里钻出来，贪婪地吸上一口清新的空气。男人和女人们脸色浮肿头发散乱站在外面穿衣系带。一股股蓝色的炊烟充满了刺鼻辣眼的水泥橡胶和各种化学异味从每座帐篷前升起。早起的老人们已经围着拉萨城转完了一圈，他们总是试图与结伴而行的拉萨城的老人们在转经的路上友好地攀谈几句。拉萨的老人们一个个精神饱满，牵着自己心爱的小哈巴狗或肥硕听话的放生羊。由于祖祖辈辈就与东部的康巴人结下了不友好的关系，所以谁也不想搭理这些年轻时可能做过盗马贼、小偷、强盗、好斗成性的杀人歹徒或骗子而今已白发苍苍进入风烛残年行囊空空一无所有的流浪老人。年迈的流浪人并不在乎这点，他们与城里的老人朝拜的是一个佛，走在一条路上，用同样的方式进行祈祷。至于来世谁更幸福，还得在今生漫漫转经路上走着瞧。他们对神圣的布达拉宫从各个角度进行了一番祝颂祈祷，口干舌燥摇着经筒正陆陆续续回到城边的帐篷营地。

吃早饭的时候，大门口开进一辆顶部装有红灯的蓝色警车，停在空地上，跳出五个警察。大多数久居在这里的流浪人早已习惯了警察先生们的随时闯入。只要城里一旦发生案情，这里便是重点搜捕的目标。他们常常在深夜进行突袭，尖厉的警报器和急促的呵斥声把光着身子搂在一起的男男女女们从帐篷里赶了出来。搜出的窝藏在帐篷营地里的各种赃物常常使警察们张大嘴巴难以置信。他们搜出了沉重的汽车发动机、轮胎和各种汽车零件，崭新的摩托车和各种牌子的新旧不一的自行车，墨绿色的还没能启开门的保险箱，里面躺着成千上万的一沓沓人民币，成捆的布匹和成箱的食品罐头，还搜出了医院里的助产椅和宾馆卫生间的高级抽水马桶，甚至还抱出来一个金发碧眼的欧洲婴儿，据说是从来西藏旅游的一对外国夫妇背后偷走的。不知出于什么用意，警察们给这个流浪人的营地取了个名字叫"导弹发射基地"。一个戴墨镜的警察用威严冰冷的声音说明来意，命令这里除每座帐篷可以留下一人守家外，其余所有人集合排队去文化宫广场参加万人公判大会。

很多人弄不清是个什么样的会，跟自己有什么关系。

"是为了吓唬我们，要我们在拉萨老实地待着。"阿旺麦隆说。他正在系鞋带，发现皮鞋底的前掌裂了个口子。他身高一米八二，睡觉时只得把两只脚伸出狭小的帐篷外面，野狗们常常把这双露在外面的脚误认为是美味的夜餐，咬得他从梦中惊醒，哇哇大叫。

“就是说，要杀人了。”他提高嗓门，抬起宽厚的巴掌在颈上一划。

“真可怜。”西嘎说。她给阿旺麦隆和面目狰狞的哥哥多布吉各倒了一碗茶，把一小皮口袋糌粑放在他们中间，糌粑袋上插一把银勺。

塔吉还没来，他住五十三号摆了电话机的帐篷里。

“你为什么不多放点酥油。”多布吉对妹妹西嘎发牢骚。

“我还得省下些给珠拉康的佛灯添油。”

“得了吧。”

“塔吉还不来喝茶。”西嘎说。

“杀人。哼！”多布吉说。

“你闭嘴！”她恼怒地叫道。

两个警察从帐篷前走过，勾下身看看里面。其中一个向他们戳戳自己手腕的表。

“快点。八点半都得出来。”警察说完起身走了。

“狗！”多布吉说。警察没听见。

“谁留下？”阿旺麦隆问。

“西嘎，你。”

“不。我跟你们一起去。”

“听着，我一大早拳头都在痒。”

“那中午的饭谁去给你们讨。”

“你每天讨来的菜里总见不到几片肉。再说，那米饭都臭了。”

“拉萨人对我们很吝啬，天也热呀。”她眼珠朝上一翻，“哦啧，他还总想要吃点好的。”

“你留下。中午回来吃糌粑，烧点茶。”

塔吉站在外面，弯下腰说：“喂，咱们今天能见到乌金。”

里面的人不作声。

“这家伙今天得死了。”他钻了进来。

“你别乱咒人。”她说。

“打赌。”

她避开了他撩人的目光。

“五十块钱。”多布吉说。

“呲——”他挥挥手。

“好吧，一辆自行车。”

“全新。”

“你这混蛋。”他伸手朝塔吉手心击了一掌，算是成交。

“你别想赢。”塔吉说。

“你快把茶喝了嘛。”阿旺麦隆说。

塔吉从他的声调里听出有些不妙，不敢多言，端起茶碗。西嘎故意没往他的碗里放一块油脂，清清淡淡，大概是向他暗示一种情思。他端起碗正要喝第一口，看见茶水里显现出时隐时现的图影幻象，先是看见一座白石累累插着经幡旗缠着羊毛的玛尼堆，又看见从一片平静碧绿的湖水中漂荡起一个字母，白净的沙滩上印着一个人体的压痕。他哆哆嗦嗦端着碗冲出了帐篷。其余的人没理睬他，以为他从碗里发现了一只死老鼠。他捧着碗一直奔向三十六号帐篷，龙娜老太太住在里面。她年轻时是一位乡村降神师，如今常常用不剩一颗牙的嘴诅咒这个世界。她说如今是妖魔鬼怪兴风作浪的时代，菩萨沉默了，威严的护法神也镇不住它们。虽然拉萨城外的金碧辉煌的寺庙每逢庄严的宗教节日喇嘛们低鸣的长号声回荡在城市上空，身裹猩红色袈裟、头戴黄色鸡冠帽、双肩高高垫起如同鹞鹰般凶猛的铁棒喇嘛手中镶铜皮的菱形镇威棒不时往地上一蹾，威慑了四方朝圣的善男信女，他们全都匍匐在地不敢动弹半分，龙娜老太太一闭眼说："可就是镇不住邪恶的鬼神。不过是摆出来让外国人拍电影拍照片的。"她总是用一只袖筒捂住鼻子抱怨说这块高原圣地的空气染上了不祥的尘埃，并且经常用梳子在银丝白发上一遍遍梳理，将梳下来的杂质拢在手里朝火堆扔去，一阵噼啪乱响崩起火星，她开心地大笑说又烧死了几个魔鬼，别人说烧死的只不过是长在她头发里的跳蚤虱子。她伸出长长的指甲在塔吉脸上轻轻划过一道，表示欢迎他的光临，然后闭上眼听完了他的来意。两个人挨坐在一起像观望一缸金鱼似的，四只眼睛盯着碗里浑浊的茶水。塔吉得不出什么结果来，但碗里的确显现出一些异乎寻常的图像。龙娜从怀里摸出一颗水晶石朝石头上啐了三口唾沫，开始一阵含糊不清的念咒。在龙娜的帮助下茶碗里的图像越来越清晰，她在塔吉背后轻轻一拍将他推进了图像中。荒原上掠过轻微干燥的风，这里像是一片很少有人久住的牧场，草势恶劣如同苔藓般泛着淡淡的土黄，连接地皮，一条隐约的小道延伸到冈坡起伏的天边，什么地方飘来马粪湿润余温的气息。细细一听，空气中留下了孤寂旅人坐骑下如天国飘来的乐音般悦耳的细铃声，塔吉顺着那余音在荒原上行走。荒原也许消逝了，也许他走到荒原的尽头，脚下是令人头晕目眩的深渊。从深渊下面刮来阵阵的寒气，渊底是一条汹涌咆哮的江河。他站在悬岩边成为一桩凶杀案的目击者，同时又显得那么漫不经心，好像这一切与他无关。他看见了多布吉和另一个陌生男人正挥舞长刀跳来跳去，还有一位年轻的女子坐在不远处的岩石上低头缝补衣服。他仔细一看，却是西嘎，手中缝的正是他身上的一件衬衣。他想起前一天企图翻越豪华的拉萨饭店的铁栅栏，遇到戴大盖帽裤子镶金边的门卫一面将对讲机放在嘴前呼唤一面举着警棍朝他冲来，他跳下逃跑时腋下被铁栅栏尖剐破一道长口。他走到西嘎身边问她缝好没有，西嘎并不理睬，他发现自己光裸着上身，气愤地一把抢过她手中的衣服。他很清楚了，这是她哥哥多布吉和一个叫“贡觉的麻子索朗仁增”在拼杀。西嘎身上佩戴一块珍贵无比的玉石麒麟，据说是汉地的大皇帝赠给五世达赖喇嘛的圣物，收藏在布达拉宫珍宝库里，也不知怎的后来流落到民间戴在了西嘎的颈上。在兄妹俩去拉萨朝佛的古道上，被“贡觉的麻子索朗仁增”盯上了，途中与他们结伴而行，不知是看上了西嘎脖子上的珍品还是看上了西嘎的容貌，也许两样都看上了。多布吉知道妹妹一无所有，一旦要向她的情人赠送爱情的信物，便是那块玉石麒麟。关键的是他讨厌这个“贡觉的麻子索朗仁增”。当发现他一双色眯眯的眼睛从妹妹白净的脖子上挂着的玉石麒麟滑到她胸脯又继续往下滑，一双手碰向她腰间后，一场格斗爆发了。塔吉看见“贡觉的麻子索朗仁增”已经躺在血泊中死去。西嘎奋不顾身地跑到死者身旁抱起他的头颅跟他行了个碰额礼，摘下玉石挂在他的脖子上，又对多布吉说了些什么。这几句至关重要的话塔吉没听清，他无论如何没法靠近他们，中间像隔了一道玻璃门。多布吉抱起尸体走向悬崖边向下一扔，尸体便坠入深渊。两人并不看塔吉一眼，继续向前赶路，走得很快，仿佛有一股无形的力量推着他俩朝前飘移，转眼无影无踪。这时塔吉发现尸体并没有被扔进江里，照样躺在刚才的地方。有一位牧羊人和几个农家姑娘从他身边走过，看看尸体，又看看塔吉，他们似乎对二者之间的关系很明白了。塔吉一时慌乱不知该怎样对他们解释眼前的一切。

乌金不合时宜地突然闯入使得塔吉几乎气歪了脸。他并不理睬这两个人在帐篷里面做些什么，顾自把一堆破毡毯和底下的塑料布推开，掀起一大块木板，底下露出一个大坑，大得足可以藏下一头牦牛。坑底铺着铁皮，四周镶满了厚实光滑的绝缘胶木板，用来隔挡泥土和潮气。里面藏有不少赃物，大都是没什么价值的废铜烂铁，只有一整套全新的皮革马具和几只套在塑料袋里的电动手钻还能值两个钱。他在里面稀里哗啦地翻动寻找什么。塔吉叹了一口气，松开搂在怀里的西嘎，她整理一下头发系好衣纽，骂了一声灾星，起身钻出了帐篷。

“你在找什么？”

乌金不回答。

塔吉骂起来，说他大白天进进出出，就像是去开劳模大会似的大模大样生怕别人认不出他来，警察处处在搜捕他，他一点也不避避风头。塔吉威胁道，他发誓要向警察报告，把他重新投入监狱，省得他再来打扰他和西嘎的幽会，他伤心地抱怨说乌金已经不是头一次闯进来冲散了他俩的好事，这简直是太残酷了，几乎是蓄意破坏。

“我捡回的那个照相机呢？”乌金问他。

“干什么？”

“在哪儿？”

“卖了。”

乌金放下木板坐在上面：“卖了多少钱？”

“三百，也许三百五。记不清了。”

“真他妈糟透了。”他沮丧地搔搔头皮。

“是你托我卖的。”

“你以为是在卖破烂哪，三百块就卖出去了。你看见的，我从那个大鼻子外国佬身上弄下来差点被他发现。”

“可买主看了半天说一个零件坏了，值不了什么钱。”

“他肯定在骗你。”

“也许。你要它做什么？”

“跟一个人谈好了，送他一个照相机，他告诉我贡觉的麻子住哪儿。”

塔吉推开他，把暗坑重新隐蔽好，铺上破毡毯恢复了原样，捡起掀翻在地的电话机郑重其事地摆在铺边的空肥皂箱上。

“他已经死了。”塔吉说。

“没有，我知道。”

“你已经杀了一个人，要是再杀第二个，你也就完了。”

“也许，根本就没有一个叫什么‘贡觉的麻子索朗仁增’的。”乌金痴痴地说。

“有倒是有哇。”塔吉说，“听说。”

“你看清了吗？”

“好像是旁边的第三个。”

“太远，看不清。”

“我可不喜欢是这样，头都要炸了。这么多人，如果是在开大祈祷法会我心里会高兴一点。”

“下午要起风了。”

“菩萨可不喜欢看见这样的事。”阿旺麦隆、塔吉和多布吉三个壮实的男人勾肩搭背站在场外，就像是站在冲赛康市场等待跟人交换身上的珠宝。刚才过来一个警察低声喝令他们回到人群中自己的位置上去，他们没有理睬。到处是警察，叫人感到不自在。只有阿旺麦隆认得出穿夏天绿制服的是武装警察，穿秋天绿制服的是治安和刑事警察。他们身上的腰刀被警察解除后留在了营地。平时站立时总是习惯地将手按在刀的两端，现在身体就像缺少了某个部位似的，一双手荡来荡去感到没处放。他们这一群大约二百多人的康巴人队伍在警察的带领下走进会场被安排在指定的位置上。不论在什么场合都喜欢开点玩笑的拉萨人见他们扶老携幼拖着疲惫蹒跚的脚步睁大了眼东张西望挤在一堆，立刻像迎接贵宾似的朝他们热烈鼓掌一片欢呼。康巴人自己对这一切也觉得很可笑，你看我我看你，我们是来干啥的？互相都莫名其妙地笑起来。有人抱怨他们坐的位置离广场台子的距离太远什么也看不见。“喂！先生，演什么戏？来了这么多人。”有人向坐在他们左右的拉萨人打听。“《最后的判决》。”“没听说。是仙女戏还是歌舞？”天真而透着憨傻的问话引得拉萨人哈哈大笑。

宣判台上站着一溜犯人，其中有三个已判了死刑的犯人在公判大会结束后将被押赴郊外的刑场立即执行。一个是开枪打死一名打伤两名警察的拉萨青年；一个是从银行金库中盗窃了三十多万元人民币的农民；另一个就是杀人越狱的乌金。警察在郊外一座山谷里发现了一具尸体。根据目击者一个牧羊人和几个农家姑娘的证词和对乌金本人的辨认、死者生前与罪犯搏斗时指甲缝里留下罪犯的头发、现场附近的脚印、死者生前与罪犯的关系和作案时间，以及从现场勘查到的作案工具——一把英式步枪刺刀手柄上的指纹，完全证实乌金构成故意杀人罪。死者叫索朗仁增，有人叫他“贡觉的麻子索朗仁增”。被害的原因是他父亲与罪犯的父亲结下过冤仇而遭报复。罪犯乌金被捕后又越狱潜逃流窜在社会中。乌金对于法律程序一窍不通，他承认自己杀了人，但时间、地点和被他杀害的那个人都不是警察所认定的那个案子。他老老实实交代了整个作案过程。时间在一个晚上，地点是城里某一家酒吧里，杀害的是一个穿西装叫“贡觉的麻子索朗仁增”的男人。除了详细地叙述了酒吧里的环境氛围，他还凭着准确无误的记忆，一笔一画绘出酒吧门厅上的霓虹灯字母和刻在铜牌上的一行洋文，没有一个警察认得。警察们听完后觉得案情变得很复杂，怀疑他是否还犯有第二桩杀人案。他们把乌金带上警车在拉萨城各条大街小巷转遍了也没找到那家酒吧。乌金说那晚天黑，他记不清是在哪一带了。警察经过多方了解认为乌金所招供的这一案子纯属虚构，故意搅乱侦破工作，蔑视法律。首先这期间城里没有发生任何凶杀案，再说被害者像乌金所说的死于众目睽睽之下不可能没人来报案，另外乌金指出的那些字母鬼才知道是什么意思，也许是在瞎编。霓虹灯，别说是一家不三不四的人混进混出的低级酒吧，到目前为止，拉萨任何一座豪华的现代化饭店宾馆也没安置霓虹灯，就是说目前根本还没有一根霓虹灯管在拉萨夜空闪烁。据有关专家说，那是因为昼夜温差较大的缘故，不宜在这一地区安装这种灯。乌金气昏了头，他承认的一桩杀人案警察却说是纯属虚构，同时又把一桩他根本就不知道的杀人案栽到他头上。他不懂法律不懂科学只懂得相信自己的眼睛和记忆。于是他从监狱里逃出来试图证明他所说的那家酒吧确实存在。当他还没来得及找到那地方又再次被捕入狱。也许他本来可以免于死刑，但是他后来的种种行为加重了自己的罪行终于被列进了死亡名单。

“他们弄错了，乌金没有杀人，我知道。”塔吉摇摇头说。他们已经被赶回到自己的位置上，坐在茫茫的人海中。烈日当头，无数的人将报纸书本手帕放在头顶上遮挡阳光。

“我不在乎这个。”阿旺麦隆说。

“你现在是怎么想的？”塔吉转过脸悄声问多布吉。

“我现在想撒尿。”

“是的是的。藏得住心事憋不住屎尿。”

“是龙娜疯婆给你玩了套把戏吧？”

“她把我推了进去，我看得清清楚楚。”

“我不信。”多布吉诡秘一笑。

“我一直纳闷，他们为什么一直没提到那块圣物玉石呢？”

多布吉一听大吃一惊：“他妈的那个时候我还不认识你呀。”

“‘贡觉的麻子索朗仁增’是你杀死的。”

“你脑子出毛病了。”多布吉用陌生的眼光打量着他。

“西嘎把那块玉石挂在他脖子上了。”

“要是换个地方，我会把你像虱子一样掐成肉饼。”

“那你就把我掐成肉饼好了。”塔吉说，他忽然指着阿旺麦隆问道，“这家伙要干什么？”

阿旺麦隆挤在白发苍苍的龙娜身边像一位苦难的儿子将头深埋在她怀里，两人鬼鬼祟祟地像在策划一件阴谋。谁也没注意到这两个人古怪的举止。

“他什么都看出来了，他知道乌金杀了人，也知道他是冤枉的。他想救他。”多布吉说。

“劫法场？”塔吉皱起鼻子问。

“总有办法。”

大会结束前，阿旺麦隆离开人群向公判台那边走去，大约过了十几分钟他又回来。他对警察自称是乌金在营地里的朋友，乌金在这里没有一个亲人，他希望能够跟随行刑的车队去刑场，事完之后由他和后面来的几个朋友帮助处理乌金的尸体。警察听了同意给他留个座位随车去刑场。不一会儿会场喧闹起来，公判大会结束了，人们从被太阳烤烫的水泥地上纷纷起来扭动着酸麻的腰身。许多人拥向台边想清楚地看一眼三个即将死去的犯人。阿旺麦隆对塔吉和多布吉说他先走一步随车去刑场照料乌金的尸体，让他俩随后赶到。犯人被押上了刑车，周围布满了警察和士兵。一辆辆开道的摩托车发动起来在缓缓的行进中排好了队形。有不少善男信女骚动不安地挤在刑车旁苦苦哀求士兵们不要杀人作孽。武装警察和士兵端着冲锋枪在卡车上分站成两排，围观的百姓中有人朝他们啐唾沫，拍巴掌，咒骂乱叫，甚至暗中飞来几块石头。士兵们塑像般笔直站立纹丝不动。路边上治安警察们在维持秩序推搡人群。前面的摩托车队形像行驶在大海中的船头将人潮划向道路两边，后面一长列车队出发了。接着又是十几辆由乌合之众组成的摩托车群尾随在车队后面，这群开摩托的小伙子据说是那个杀了警察的罪犯的哥们儿，赶赴刑场为他送葬。据说那个农民犯人的亲属早已准备好一辆拖拉机停在刑场警戒线外等候收尸。塔吉和多布吉没有任何交通工具，只好快步行走。

太阳被滚卷而来的乌云笼罩，远处的山边灰蒙蒙一片，大约不久就要刮风了。为了减轻一点不痛快的感觉，他们一路上不停地讲话。

“过两天，我就回家乡了。”多布吉说，“你呢？”

“我想留在这里，我喜欢这个地方。在这里安家，以后，我们下一代就会成为拉萨人。”

“我得把西嘎也带走，她有些不愿意。”

“她是个好姑娘。”

“她喜欢你，这谁都看得出，可是不行老兄。我得带她回去。”

“随你的便。”

“要是有一天你真愿意，到我家乡来求亲。”

“现在我才知道，她给我用的那只茶碗是一位大活佛用过的，所以能显灵从碗里看出一些东西。”

“向三宝起誓！我不知道。我不知道我到底杀了人没有。”

“我明白。我看见的事情也许是你将来做的，也许是你前世已经做过了。谁知道呢。”

“我们跟驴一样，什么也不知道。”

“乌金。嘿！这家伙还欠我三千块钱。”

“他到处借钱。”

“你知道他在做什么吗？”

“不知道。”

“他打算买一块金砖献给珠拉康里的释迦牟尼佛，请喇嘛为佛脸镀一块金。”

“这不公平！”多布吉愤怒地叫道，“他们手无寸铁，被绑住手脚，然后被杀死。他们是男人，不是羊子。”

“我们都是羊子，一位活佛讲经时说过，观世音菩萨就是西藏的牧羊人，他来到世上就是为了把我们赶进安全的羊圈里，只要还有最后一只羊没有进圈，他是不会离开我们去天国的。”

“向无所不在的佛法僧三宝致敬。”多布吉转身对已远远落在后面的布达拉山合掌闭目喃喃祈祷，“愿你的圣地和无上的智慧成为我们远离家乡人的庇护所。”

他们大约走了两个多小时才到刑场。这是延伸到山脚的一片倾斜的黄沙坡地，寸草不生，四周空旷寂静。一切早已结束，只有几只鹰在空中恋恋不舍地盘旋。老远就看见阿旺麦隆坐在坡地上的身影。他孤零零一个人守着乌金躺在血泊中的尸体，用宽边礼帽在乌金身上和脸上轻轻挥舞驱赶着嗡嗡乱叫的苍蝇。后来的两个男人站在他身后，长久无言。夕阳把三个人的影子长长铺在荒寂的沙坡上。凝固在沙地上的一摊摊血迹掩藏在阴影下黑得像油块。

阿旺麦隆脸上毫无表情，既没有痛苦又没有悲哀。他伸长了手臂继续在乌金身上轻轻挥舞，使人想起街上摆烤羊肉串的小贩在挥舞扇子扇着肉串下的火苗。他仿佛自言自语道："还好，一枪就倒下。他什么话也不留，光看我。好像没想到我会来。我怎么能不来。这些讨厌的苍蝇。"

起风了，卷起的黄沙从他们脚下流过，阵阵沙粒扑向乌金的尸体，似乎想把这个人的身体从大地上匆匆抹去。

这时，从蒙蒙的沙雾中出现一个人影，他骑在马背上向这边走来。三个人一见大惊，他像一位浪迹天涯的英雄好汉，压得很低的帽檐遮住眼睛，印满深深浅浅麻子的脸上显出一副不可战胜的傲气，他的嘴像嚼着肉干似的漫不经心地翕动。看看眼前的三条汉子，又看看双手反剪着蜷卧在血泊中的乌金的尸体，淡淡一笑，说："谁也别想杀死我。"

"喂，你就是'贡觉的麻子索朗仁增'吗？"塔吉壮起胆子抬头问道。他根本就不是多布吉杀死的那个人。

"贡觉的麻子索朗仁增"没有回答，露出一丝傲慢的微笑。他双腿一夹马肚，掉转马头，栗色公马一声长嘶冲向迷蒙的沙雾中。

法医在验尸时，从乌金的怀里翻出张纸片，上面还是他描出的那一串字母和一行洋文。底下用藏文写道："你们好好找找，有这个地方。"他当即交给一位负责这一案子的警官。警官的妻子在旅游局做翻译，他让妻子把这几行外文翻译出来。妻子看了看说这不像是英文，也不像是法文。正巧碰上一位刚从北京来的认识这种文字的高级翻译，他说是西班牙文，很快就译了出来。花里胡哨的字母是"蓝星"。下面几行字是："卡亚俄港萨恩斯·贝涅大街 57 号。"他说看来是一个确切的地址，不像是随便写出来的。警官拿着地址在上高中的儿子的帮助下趴在属于西班牙语国家的世界地图上仔细查找了很久，才发现是南美洲秘鲁的一个海港城市，"蓝星"大概是一家酒吧的名字，下面的是详细地址。这位从未离开过西藏区域对世界地理知识十分贫乏的警官百思不解，那个已经死去的几乎没有一点文化的犯人乌金怎么会写出这样的一个地址来。来自遥远国家的一个地址与发生在西藏的一起典型的仇杀案件究竟有什么神秘的联系。除非乌金去秘鲁的那个海港城市的酒吧杀过一个人。这无论如何是荒唐而不可能的，这个谜看来将终生缠绕着他，直到解开为止。但警官知道他永远也没有办法解开了。他安慰自己："这个奇怪的地址并不能证明乌金是无罪的，尽管他临死也不承认自己在山谷里所犯的罪行。"

那一声枪响注定了乌金长大成为一条汉子后踏上了流

浪的征途，承担起将一个远古悲壮的英雄神话在辽阔的西藏高原无限延续下去的神圣使命。凭着一把刀尖上凝结着祖先幽灵的钢刀，向这个开辟了旅游线路的现代社会进行孤独无援坚忍的挑战。在美妙而悠扬的枪声里他看见父亲手中的步枪落下去了，父亲转过身，痛苦扭曲的脸上闪现出一种奇异的光彩，他似乎生生要把自己扭成一条坚硬的铁棍，一抹黄色的鼻烟末沾在稀落的胡子上，苍老的嘴角挂着一丝口涎，像根皮筋上下滑动，最后挂在胸前，他踉跄几步倒在地上，翻滚几下又奇迹般站起来，拼命抬起像陷在泥潭里的软绵绵的脚走出两步又仆倒在地，他盯着前方像石头般站立不动的妻子和她怀中的儿子，他失败了，被山下的人一枪击中了要害，结束了这个土匪世家的最后一场战斗，他还没来得及把儿子培养成为一个江洋大盗，没来得及亲眼看见对儿子的最后一关考验，儿子将持枪站在一百步之外面对他的母亲，瞄准她头饰上悬吊的一只堵满糌粑的玉石戒指，一颗子弹将离母亲头颅一巴掌远的距离穿透玉石戒指的圆心，他再也看不到那个惊心动魄而又无比自豪的时刻了。他不该去劫热芭艺人的道，没想到赫赫有名的艺人阿布德朗有如此凶狠的枪法。年轻的妻子为即将死去的丈夫惋惜地摇着头，她出嫁以前曾经看过阿布德朗的表演，那时热芭人的马车卷起浓浓的尘土像风一般地冲进村子，村子里的孩子和小狗欢叫着迎赶马车，她羞羞答答站在自家的屋顶上观看了欢乐的热芭歌舞和阿布德朗精湛的表演。丈夫爬到妻子的身边，用沾满血的手指在儿子白净的额头上画出一个醒目的卍。他嘿嘿一笑，说完最后的话："妈的，到处都在杀呀，用刀杀，用枪杀，用心杀。这就是生活。"然后，乌金看见母亲抽出父亲腰上的长刀放在自己身上，他胸口被这把对他来说沉重不堪的刀压得喘不过气，他永远忘不了冰凉的刀身贴在他的脸蛋像通了电似的使他激动得战栗，父亲最后摸摸他的小脸满意地笑了，然后死去。二十多年后一个灰蒙蒙的中午，当行刑手的步枪对准他背后的最后时刻，乌金悲哀地感到，活在这个世上对于他来说最大的悲哀不在于失败或死亡，而是永远被深不可测巨大的谜一般的困惑所缠绕。究竟为什么要去杀那个从未见过面的"贡觉的麻子索朗仁增"？究竟杀死他没有？他究竟杀了人没有？那家门厅上装有霓虹灯的酒吧究竟是否存在？他究竟有什么愿望？他突然明白了：男人活在世上最大的愿望是有一个儿子，这一繁衍生息的强烈愿望而产生的求生的本能使他被勒紧的身体出现了异乎寻常强大的爆发力量，随着怒狮般惊天动地一声大吼身体向前一跃，所有的神经血管骨头肌肉一齐全部向外拼挣，这一刻，枪响了！

乌金猛地蹦起身，张大嘴气喘吁吁，眼前一片蒙胧。

"哧"的一声有人划亮了火柴移到半根蜡烛上，乌金看见塔吉同样瞪大眼睛坐起身。隔在他们中间放在空肥皂箱上的那台没有电话线的电话机铃声大作，震得在木箱上跳来跳去，两人狐疑地看了它很久，塔吉战战兢兢抓起听筒。“喂！”他把听筒递给乌金，“找你的。”

他惶惶不安地接过来对着话筒：“谁找我？”

对方不语，听得见平静的呼吸声，乌金本能地感到打电话来的是谁了。过一会儿，那边才传来声音：“还有兴趣来找我吗？”

“不，不想了。”他摇摇头。

“那你还想要什么？”

他想了想：“儿子。”说完把话筒压上了。

“是‘贡觉的麻子索朗仁增’打来的吧？”塔吉问。

乌金不回答。

“我们见过面。中午，在刑场上。”

“我没死吗？”乌金不知所措地问。

“这个，你去问阿旺麦隆和三十六号帐篷里的龙娜奶奶，他们会告诉你的。”塔吉抱起电话机左看右看，拍拍它说，“怪了，电话没线怎么会有声？”

乌金双手枕在脑后，透过帐篷顶上一溜狭缝望着满天晶蓝的星光。刑场历历在目，他不知道现在自己到底是活着还是死去，但是他知道他现在还能思想，他想要个儿子。他觉得这想法很好。

世纪之邀

望着天空一只在拉锯战中被割断了线的风筝摇摇晃晃向远方的山峰后面飘坠而去，桑杰心中添了几分惆怅。它如同未知的命运不知最终飘零到何方，也许在远山的乡间一位孤独的牧羊人会捡到它，也许落进一条小溪里，正好有一位舀水的农家姑娘会用铜勺把它捞起来。他并不知道这只画着一对黑眼睛的风筝在后来一个异乎寻常的时刻又回到了他的身边。他飞快地转动手中的木轱辘线轴把长长的线头往回收拢。风筝被击落了，他无心再安上一只新的风筝继续放飞。

失落的风筝飘坠远去，勾起了桑杰对遥远的家乡的一丝缅怀，家乡是一个躲在大山谷里的小村子，山上有两座建造在巨型圆石上的白色玛尼佛塔。他的叔叔总是背起双手提着一根皮绳漫步在绿草如茵的水渠边，像是要去地里牵牲畜，却总是徜徉在水渠边眼睛望着前面的水磨坊愣愣地出神，仿佛那里面隐藏着有关他自己的秘密；还有黄昏时行走在荒凉的土道上进村的马车发出刺耳单调的嘎吱声。如今他在城里的一家医院里工作，结识了不少的朋友，他那英俊的面孔和潇洒的举止使熟悉他的人早已忘记他曾是一个乡村孩子，他现在只是这座城市的公民，将会和一位漂亮的城市姑娘结婚，单位将分给他一套舒适的住房，然后生儿育女，和城里人一样逐渐适应并喜欢上日益多姿的现代化生活。

这是一个节假日频繁的季节，他玩得很痛快，除了去林卡玩耍外，还参加了许多朋友家的乔迁新居、新生婴儿清除污秽和年轻人的新婚等各种热闹的仪式。他的好朋友加央班丹也给他送来一张结婚请柬，能与加央班丹这样一位大学历史讲师做朋友使桑杰感到满意，首先他从来不跟桑杰谈历史，其次是他终日显得忧郁沮丧，如今在拉萨城显出忧郁沮丧神情的年轻人实在不多见，他们要么脸上露出的是无忧无虑盲目而自负的乐观神情，要么就是满脸杀气，要么木呆呆的什么表情也没有。请柬里附了几句话："一定要来啊，别忘了把脖子洗干净，一双手至少要抹两遍香皂，最好把你的臭脚丫也洗洗再换上一双干净袜子。"看得出他的朋友加央班丹是那种缺乏幽默感的人，这几句故作轻松的语言显然是拼命挤出来的，并且在这些话的后面隐藏着某种难言的苦衷和一种对自己的不幸命运进行无可奈何的消极妥协。桑杰只见过加央班丹的未婚妻一面，给他印象不算好，打扮得花枝招展，自以为懂几句英语成天陪外国人在拉萨各名胜古迹转悠，到晚上还常常坐在豪华的拉萨饭店酒吧间里喝点咖啡或威士忌什么的。加央班丹曾忧心忡忡地说她家是贵族世家，在这样的家庭里从谈吐到举止都有一套严格的讲究，他可受不了。现在他们要结婚了，很好，桑杰心想。他自己却不急于结婚，还想再过几年对姑娘们不承担责任的独身生活。但是通常去庆贺朋友的婚礼是很美妙的事，在那地方总有喝不完的一杯杯溢出白泡沫的啤酒和各种美味佳肴，最重要的是那里聚集着许多喜欢卖弄风情的漂亮的姑娘，她们愿意跟你跳舞，主动向你敬酒，等大伙都酩酊大醉时，她们什么都愿意了。他照朋友的话把自己打扮得干净整洁，对着墙上的镜子前后左右上上下下仔细端详了五分钟，发现无可挑剔，然后揣上礼物——五十元钱和几条优质哈达，用写着一句吉祥祝福颂词下面落上自己名字的纸包裹好——吹起口哨满意地出门去参加朋友加央班丹的婚礼。

婚礼在新娘家举行，桑杰没去过，但要找到那地方通常比找一个厕所容易得多，只要找到大概区域，看见一家打扫得干干净净，洒过水的院门前用白石灰撒出醒目的吉祥图案，大门上方悬挂着雪白的哈达，门口通常站着一两个面带殷勤微笑的迎宾员，还有院里停放的一大堆横七竖八的自行车和摩托车，像过节一样神气的男男女女进进出出，以及隔着很远就能听见从院里传来的喜气洋洋的音乐，这种种迹象表明就是举行婚礼的地方。

桑杰迈着轻快的脚步穿过大街小巷，一个邻居哥们儿骑着摩托到他身边停住，彬彬有礼地邀他去吃烤羊肉串，他说他要出席一个重要的婚礼，邻居听了馋得喉咙咕噜一声，郑重地提醒他别吃多了拉肚子；又碰到几个哥们儿拉他去坐甜茶馆，他说他要出席一个重要的婚礼，他们严肃地告诫他别一去就醉倒了空失良宵，要是没有什么艳遇他们会替他惋惜和难过的，他听了抽抽鼻子非常感动；又遇到一位曾经相好过的姑娘，她不忘旧情，隔着汽车穿梭的马路就大喊大叫地邀他去艺术馆跳舞，他怕她跑过来缠个没完，装作没听见缩起脑袋混在人群中快步溜掉了。他发现要去的地方很远，走了半天还没到，后悔没骑车来，原来他担心在那地方醉了以后骑车回家会摔跟头。不管怎么说，两个轮子的转动比两条腿的交叉移动要快得多。记得加央班丹总是在苦苦思索一个问题：西藏人早在一千多年前就将生命的过程与轮子的运动相联系，认为它是一种无限循环和轮回的形式，但是祖先千百年来却从不知道将轮子作为交通工具来使用，直到一九〇七年，一辆八马力发动机的克莱门特牌小汽车翻越喜马拉雅山口进入西藏，人们第一次见到驱动这堆钢铁向前飞奔的是四只由钢圈、辐条和橡胶组成的圆形轮子，感到大为震惊。这是为什么？为什么？加央班丹忧郁的眼睛盯着桑杰，他结结巴巴张开嘴，什么也回答不出来。加央班丹从来不跟桑杰谈历史，只是偶尔给他讲一些过去的轶闻趣事，但是常常忍不住向他提出些为什么，他自然永远也回答不了，因为这些提问都没涉及医学。他凭着本能的方位感急急忙忙朝前奔走，心里还想着那只飘逝在远方的风筝。他觉得眼前的花园路，来回奔驰的小轿车，背负行囊迈着毛茸茸大腿的外国游客，卧在路旁树荫下的野狗，城市的大厦，打着尼龙花伞的喇嘛，等等，一切如同从镜子里映出来的幻象，有一种不真实的幻觉感。记得一位朋友讲过，两面镜子相对时，从中可以看到无限。现在他才体会到置身于两面镜子中间这种趋于无限的迷失感。于是城市在他身后消失了，郊外的田野在他身后消失了，如同从一团混沌迷蒙的状态中走出来，前面是望不到尽头的绵延群山，一片空旷，太阳高悬在明净蔚蓝的天空上把白昼延续得永无止息的漫长，荒原上有一只鸟像流星般从他头顶飞过落到远处山冈的乱石缝里，脚下依然延伸出一条路，印着几只深深浅浅的蹄印通向前面的山弯。

死一般荒凉的大自然，连一丝生灵的叹息也听不见。

桑杰想逃离这片蛮荒的大地，几乎是奔跑着向山脚走去，绕过山弯，远处山冈半坡上有一个孤零零的小村庄，它十分贫瘠，布满碎石的路旁有一些被分割成许多小块的庄稼地，路旁有一座玛尼堆，褪了色的破旧经幡旗在无风的阳光下毫无生气地垂悬。村庄里没有几棵树，用石头垒成的低矮的农舍像躺在半坡上懒洋洋晒着太阳的一堆旱獭。这一切似曾相识又遥远陌生，但可以肯定这绝不是他的家乡，因为村子后面的山上没有两座白色耀眼的玛尼佛塔。一群面目丑陋的村民站在村头。从垒着干牛粪的墙头和屋顶上也冒出一些好奇的脑袋。站在最前面的是一群女人。她们捧着哈达，端着如意麦穗斗，抱着古老的陶罐茶壶和酒壶。人们似乎长时间地在等待着一位贵人的到来，女人手中酒壶嘴上粘着的酥油花在阳光的烤晒下已经融化，一滴滴落在她们脚下把干涸的土地浸染得一片油黑，她们用粗糙的手指重新抠来一块酥油捏成花形再粘到壶嘴上。

“请问，”一位大鼻子老翁从人群中走出试探性地问道，“你是桑堆·加央班丹少爷吗？”

“不，不是。”桑杰吓了一跳，他从没听说过他的朋友竟然还是一位少爷，而且名字前面还有桑堆的封号，“我是来参加他的婚礼的，是这儿吗？”

“婚礼？”老翁惶惑地摇摇头，眼睛像两颗松动的珠子也随着转动起来。

几个模样憨傻却惹人喜爱的乡村姑娘聚在一起悄悄议论着这位陌生的年轻人。桑杰注意到其中一位下巴长颗黑痣的姑娘的神情跟其他人不一样，她显得有些焦虑和不安。爱用眼睛盯姑娘成了桑杰的臭毛病，他没法改掉。

“这是什么地方？”他问老翁。

“这是桑堆庄园。您一路上没见有什么人往这边来吗？”

“你们的书记在哪里？”他结结巴巴地说。

老翁疑惑地盯着他。

“我是说，乡长在哪里？不明白。那么治保主任、民兵队长在不？”

“我不知道您说的什么。”许久，老翁慢吞吞地回答，“如果您要找什么头儿，这里只有村长。没有再大的官啦，可是他不在，去前面的驿站迎少爷去了。”

桑杰用古怪的眼光打量老翁，打量周围的一切。他又问村长去了多久？多久，记不清啦，也许是昨天或者前些日子，也许是几年前的事了。不管怎样，您也看见啦，我们都在耐心地等待他们。老翁说。随后朝桑杰挤挤眼睛，讨好似的凑到他耳边，喷出的口臭散发着死亡腐朽的酸臭气味，十分热心地介绍起这里的情况：不错，这里就是桑堆庄园，是大老爷桑堆家的庄园。桑堆是圣城拉萨一家赫赫有名的大贵族，您在拉萨难道就没听说过他家的名字吗？真是怪了。据说他在西藏各地有二十七座庄园，这里的庄园当然很小了，又处在荒僻的山沟里，可桑堆家的祖先就出生在这里。大老爷去世几年了。现在当家的是桑堆·加央班丹少爷。前不久听说他和一群年轻的贵族们组成了一个秘密同盟组织，准备行刺摄政王，夺取布达拉宫和夏宫，由于告密者的出卖他们都遭到逮捕，最高政府宣布桑堆家子子孙孙将永远不许在任何一级的地方政府中担任官职，并且没收了少爷家的全部财产和土地，少爷被判处终身流放。见桑杰惊讶得瞪大了眼睛，老翁拉起他的手去参观设在村外乱石滩上一座刚建成的囚室，那是接到县长官老爷的命令村里人突击建造的。室内面积只有一庹见方，非常低矮。犯人关在里面只能坐着，墙壁用大块石头筑得既厚实又牢固，一扇小窗口安装了几根粗铁条，这是唯一的通风口。桑堆·加央班丹将终身监禁在里面，直到某一天摄政王发了慈悲之心才有可能被赦免出来。听说他还有一个漂亮的妻子，他们新婚不久……

“可我就是去参加他的婚礼的。”桑杰激动地说。

“也许吧。”老翁并不感到惊奇地说，“我们只是听说……”

“这他妈是哪个年代的事了？”他涨红了脖子叫道。

“您就会看到少爷是怎么被押送来的，真的。”

“现在是哪一年？”他低声问。

“哪一年？”老翁想了想，说，“我们乡下人从不关心现在是哪一年，只要能数清养了多少只羊，每年能打下多少粮食，这才是最重要的。”

“真是糟透了。”他一屁股坐在地上，用双手捧着脑袋像一条受伤的狗嗷嗷乱叫。桑杰属于这样一种人，当面临突如其来的事情，情绪就立刻激动不安，但很快就能被动地顺应（而不是对付）眼前的一切事。有一次接到一份电报，从小跟他一起非常要好的表妹途中翻车丧生，他接过来看完后立刻痛不欲生地蹲在地上抱头大哭，过来一个顽皮的小伙子以为他又在犯什么毛病，从他身后用双手胳肢他，痒得他满脸鼻涕眼泪咯咯笑起来。小伙子看见摊在地上的电报条，吓得脸色发白，连连抽气嚷着对不起，像兔子一样逃走，他接着又哭号一阵，然后一抹脸就没事了。

他抱着脑袋叫唤几声后，心里平静多了，平静得连一丝懊恼也没有，他什么也不再问，不再想，再说无论如何也想不出个名堂来。他平静而默默地接受了眼前的事实，耸耸肩膀仿佛在鼓起勇气，显得超脱自然地走向村头，挤进一群女人中与村里人一起等待远方来客。女人们很快就不再去好奇地注意他，仿佛忘了这位穿红色尖领衫衣和牛仔裤手拿一卷哈达的年轻人在她们中间的存在，她们只关心那个从没见过面曾经是这个庄园至高无上的主人如今又沦为囚徒的桑堆·加央班丹少爷的到来，对于村里人来说，主子即使犯了天大的罪也永远是他们敬畏的主子。酷暑下，女人们脸上被晒得通红，额头被烤得油亮，她们并不在意壶里的酒和茶在烈日和她们烘烫的身体的偎抱中已变得发酸，只是不厌其烦地一遍遍修补好酒壶嘴上被晒化的酥油花。

烈日当空，永恒般凝固在没有一丝白云的蓝天上，起伏的群山也死气沉沉地在白昼下凝固了。

在百无聊赖的期待中，桑杰的眼光再次变得不老实，往女人堆里东张西望。他悄悄挪动双脚挨近了那个下巴长颗黑痣的姑娘，她像抱儿子似的怀里紧紧搂着一只茶壶。

他用十分柔情的声音低问："姑娘您不累吗？"

"不，不累。"

"姑娘您叫什么名字？"

"央金。"

"多好的名字。"他扭动身体轻声跟她攀谈起来，她却再也不吱声，甚至连头也不回一下。桑杰有些失望，他用手指轻轻捣了捣她柔软的腰部，又轻轻捏了捏她肩膀，没有任何反应。看见她背上的粉红色内衫一块补丁绽了线，他恶作剧地用手指扯下补丁，看见了她里面白嫩的皮肤上面赫然文了一行黑字："请别碰我。"他捂起眼睛缩回脖子一下感到羞愧不已，再也不敢对她动手动脚。他才发现，这个叫央金的女子身上透出的一种异乎寻常的美丽和端庄原来深藏在她破旧的衣裙和满面污垢里。

就这样，村里人没有丝毫怨言地耐心等待，这是一个漫长的可怕的等待，这个过程无法用时间来计算。于是桑杰发现这些等待的人们开始衰老了，他回头望去，身后那些曾经聚在一起窃窃私语议论他的姑娘们都成了老太婆，两眼无光漠然地看着他。他摸摸自己的脸，叹一口气，自己也苍老了，嘴上长满胡子，揪下几根头发已是白如银丝，他每活动一下手脚就听见身体里面的每一根骨头都在发出嘎嘎的声响，犹如一扇老朽的木门，曾经润滑门轴的油脂已成了风干的硬块，每转动一下就发出枯涩迟滞的声音。他这才闪过一丝后悔的念头，后悔没有跟那位像圣者般骑着毛驴的疯癫老头一同离去，这是村里人在漫漫的期待中继他之后又一位远道而来的陌生人，可是老头已经走了。

首先是远处山峰上一位像黑点般渺小的牧羊人的身影在微微晃动，他似乎在朝这边抡起胳膊挥舞圆圈。过一会儿，从透明的空气里划过一声长长悠扬而微弱的唿哨，牧羊人如同前沿哨兵向村里人发出了消息。

“来啦！”村里人一阵激动的骚乱，桑杰也情不自禁地激动起来，跟着大家一起抬起脚后跟伸长了脖子朝空旷山脚的蜿蜒小路眺望。渐渐看清一个黑影从山弯后面出现，那影子移动的速度很快，后面扬起一缕淡淡的尘土。等大家看清后，每人脸上都露出了失望的神色，来人是一位白头发白胡子的干瘦老头，骑在一头灰毛驴的屁股上一颠一摆地冲来，人们很惊讶那毛驴居然跑得跟马一样快，那老头居然能经受得住毛驴剧烈的颠簸。他身背一包简单的行囊，从他那副放浪形骸的打扮看，有人猜他是一位游吟歌手；有人说他是一位疯癫浪漫诗人；也有人说他像一位游方僧人；还有人认定他是个乡村魔术师。老人的确有些疯疯癫癫，自称是浪迹天涯的桑贝顿珠，他说自己在西藏各地城镇乡村到处游说是为了让这些无知的百姓开开眼界。村里人以为他的行囊里藏着什么稀世珍宝或新奇玩意儿，他却没有去动行囊，而是用百姓们都能听懂的一种说“折嘎”的形式讲述起雪域之外的大千世界来。首先照例是一套陈词滥调的开场白，上对天空的诸神行祈祷祝颂之祀，下对村民百姓表吉祥祝福之意，然后眉飞色舞指手画脚扯起苍老沙哑的嗓子滔滔不绝起来：他曾经在大西洋一艘海盗船上当过水手；在水果飘香的哈瓦那城的棕榈树下与漂亮的混血儿姑娘调过情；在沙特阿拉伯的麦加目睹过成百上千名伊斯兰教徒朝拜的盛况；在芬兰冬天白桦林中一个铁路扳道工的家里喝过热巧克力茶；在非洲森林里患了一场猩红热病差点没送命；在底特律城混入汽车工人的罢工队伍中跟警察发生过冲突；在圣城拉萨的哲蚌寺里说了一句德国的科隆大教堂也不差，就被愤怒的人群打断两条肋骨。为了让村民百姓能理解他的话，桑贝顿珠边说边脱了衣服赤条条地蹦来蹦去，用身体的各个部位来比喻世界上的各个地方，如同一幅形象生动的世界地图。“这里（他划过背后的脊梁骨）是密西西比河，顺便说一句它是世界上最长的河流。这里（他拍拍干瘪平坦的棕色腹部）是非洲平原。这里（他摸摸耳朵）是阿拉伯半岛。这里（他扒开眼皮）是贝加尔湖，你们瞧它多么深沉。这里（他指向屁股沟）是美国著名的亚利桑那州大峡谷。这里（他摸摸背部）是撒哈拉大沙漠。这里（他指着大腿中间的黑毛）是南美洲热带丛林。”村里人表情麻木，神色痴痴地看着他。他口干舌燥地讲完后累得气喘吁吁，既没人给他敬酒也没人给他献茶。他摇摇头嘴里不知在咕噜什么，大概在暗自咒骂他所到之处人们都是这样愚昧不开化，一点不懂得外部世界是什么样的。他悻悻地穿好衣服，垂头丧气骑上毛驴，临走之前还扯起嗓子富有煽动性地喊道："走哇！有谁愿意跟我走哇，去看看呀，周游世界。我这毛驴只能载两个人，再多了坐不下。"

"不去，我们不去。"村里人摇头纷纷嚷道。桑杰挺起胸脯，仿佛他也是村里人中的一员，同他们一样鄙视地望着疯癫的桑贝顿珠老头自讨没趣地离开，那毛驴也不像来时那般神气地活蹦乱跳，而是无精打采慢腾腾地朝前走去。

然而到后来，桑堆·加央班丹一行的出现并不那么激动人心，走在前面的是两名押送犯人的政府军士兵，背着沉重的土枪骑在马背上东摇西晃，后脑勺伸出的长辫像条黑绳绕在脖上。还有一名随同的信差，一脸横肉，神气十足，头戴赶骡帮人常戴的卷边宽檐礼帽，一边耳垂下挂着一枚名贵的长条九眼石，身背一捆用黄缎扎好的公文信件包。瘦高个的村长穿着官服，头戴一顶圆碗似的小红帽，米灰色长袍的袖筒里露出半截象征村长小小权力的皮鞭。还有一匹马上驮着两只牛皮袋，看来是被流放的少爷随身携带的一点东西，后面一匹马却空着没有坐人。人们很纳闷怎么没见盼望已久的少爷，这一行人下马后有人才发现愁眉不展的村长手中抱着一个光溜溜的婴儿，他十分难堪地仿佛自语道："啧啧，真是糟透了，我可不喜欢有这样的事。"

神气的信差一下马就嚷着要酒喝。他是政府任命的公职人员，享有某种特权，每到一处，当地的村民就得为他免费提供马匹、住宿和饮食，不得怠慢。他接过女人们敬上的酒刚沾一口就"噗"地一下吐了出来，喷得人们一脸一身。他高声骂道这酒又臭又酸，你们把我当乞丐打发呀，拿好酒来！女人们又换上一碗，他喝了一半就泼掉又骂道：呸！这酒淡得跟水一样，拿好酒来！直到换上第三碗他一饮而尽才眯起笑眼满意地哼哼，又立刻瞪起眼骂道：姑娘们呢？你们这些丑老太婆围着我干什么，难道你们这里连个年轻漂亮点的姑娘都没有吗？快找几个来陪陪我。女人们面面相觑，看不出谁比谁更年轻一点。

"请问，有我的信吗？"桑杰壮起胆子问信差。

"什么信？"信差惊讶得眨眨眼皮，"这里穷得像饿鬼之乡，有谁会往这儿投信。要不是来押送犯人，我一辈子也不会来这儿。喂，你不像本地人。"

"是的，我走迷了路。"桑杰绝望了。

人们没见着少爷，围着村长卑下地询问。他抱着婴儿，结结巴巴将信差的话重复了一遍：自离开圣城踏上漫漫的流放之路，少爷桑堆·加央班丹一路上长吁短叹，常常暗自流泪，自言自语叹息着人世无常，如果当初没有降临到这个人世上该多好，如果眼前发生的一切只是场梦该多好。后来他形容憔悴，先是身体出现了某些变化，慢慢地往小里缩，脸上呈现出稚气，由稳健持重变得调皮淘气起来，像个十几岁的孩子，路上一会儿嚷着饿了，一会儿喊道成天骑马屁股痛，一会儿哭着想家。就这样他一路上越走越小成了儿童，再往后走又成了刚会走路的孩子，直到最后成为婴儿再也没法骑在马上，信差只好将他揣进自己怀里，这孩子把三个负责押送的人折腾得叫苦连天。据信差的观察和推断，这小家伙还会继续往小里缩，直到缩成一个胎儿最后有可能钻进一个女人的肚子里再也不出来了。这一来吓得村里所有的女人个个打战，纷纷夹紧了大腿生怕婴儿会钻进自己的肚子里。

“像石头一样沉。”村长抱着婴儿，又看看村外那座孤零零的囚室，感到十分为难，现在，谁也不肯伸手去接这个小东西。

“呀，这家伙拉屎了！”有人喊道。村长低头一看，胸前已染出一片黄澄澄的稠液。他厌恶地再也不想抱他，随即把他放在马厩的饲料槽里。

婴儿躺在盛着麦秆和豌豆的木槽里不哭也不闹，睁着乌亮的眼望着远远好奇地围在一起的村民。村民们不敢上前靠近，他们怀着十分复杂的心情——这中间包含着敬畏与失望，怜悯中又带着遏制不住的滑稽感——默默地注视这位变成婴儿的少爷。

桑杰知道老朋友到了，硬着头皮走上前去，蹲在木槽旁仔细观察这小家伙，将他缩在一堆的五官在心中加以放大。不错，是他的老朋友加央班丹。此刻一个是老人一个是婴儿，他俩还像过去一样在一起沉默不语，这是男人之间的友情特有的默契。

“真对不起，桑杰，我不该给你送请柬。”好一会儿，加央班丹说话了，声音还跟过去一样。

“我走迷了路，没找到你举行婚礼的地方。”

“谁也找不到，她跟一个外国人去加拿大定居了。”

“哦。”他顿了一下，“我才知道你是一位被流放的贵族少爷。”

加央班丹粉嫩的脸蛋上现出了深沉痛苦的表情：“那是我前世发生的事了，可人们总记得，我不知道这是不是好事。我们西藏贵族的流放跟俄国十二月党人一样悲壮，只是没多少人知道这些事。”

“你干吗要这样，”桑杰说，“你干吗要把自己变小呢？”

“我只想生活在一个没有贵族的时代，我只想五十年后再降生到这个世上。也许，那时世界会变得美丽一些。”

“不错，你变小了，我却变老了。”桑杰感叹万分，他想责备他，想安慰他，想同情他，但一切都是多余的。他只想同以往那样拍拍老朋友的臂膀来表示自己的感叹，才发现对方实在太小了，找不到可拍的地方，他还是在加央班丹印着青紫色斑块的粉嫩的屁股蛋上轻轻拍了一下。然后静静地守护着他，眼睁睁看着加央班丹除脑袋之外身体各个部位继续收缩，手脚蜷缩成一团紧紧抱在一起，身上布满了可爱的皱纹，眼睛像被什么东西粘住了再也睁不开。躺在木槽里的加央班丹此刻已经完完全全变成了胎儿的状态。桑杰知道，他的朋友要离开这个世界了。

胎儿在咿咿呀呀地呻吟。

桑杰起身离开，走到村民跟前，忧郁地说："他要进去，明白吗？有谁帮帮他？"

女人们脸色阴沉，她们又老又丑，谁也不敢走出来。

桑杰几乎不敢相信自己的眼睛，那位下巴长颗黑痣的姑娘居然没有老，她也许是村里唯一的少女了。在人们各种眼光的交织中，她一声不吭站出来走进马厩，低头看看她脚下一团小小的生命，然后勇敢地撩起裙角叉开一条腿蹲下，将胎儿遮进裙袍里。桑杰掉开脑袋望着远方永远冷漠的群山，望着群山后面在蓝天的映衬下洁白耀眼的晶莹雪峰。那个叫央金的姑娘准是加央班丹母亲的化身了，可是，他没有脐带怎么能跟母体连接呀。桑杰昏昏沉沉地想。在他身后响起一声长长痛苦的哀号之后，周围变得异常宁静。

姑娘十分虚弱地从马厩走出来，那里什么也没有了。人们唯唯诺诺低下头给她闪出一条道路，有人给她递来一根棍子，有人塞来一只木碗，还有人扔过几件破衣服。就这样，把她当作度母也罢，当作妖女也行，总之，人们再也不能碰她身体了，她将离开这个村庄去远方流浪。

当一群人紧紧架住桑杰的双臂将他拖向那座囚室，他才感到自己的处境不妙了。毫无疑问，少爷加央班丹从这个世上消失后，让那座囚室空着谁也担当不起，作为少爷朋友的桑杰自然地被人们指定为他的替身囚禁在里面。

“你们这是……侵犯人权，我抗议！我要上诉！”他挣扎着喊道。但是无论如何人们听不懂他在喊什么，只当是他在疯言疯语地狂号。

桑杰被关了进去。

外面有几个老太婆轮流看守，将负责每天给他提供食物和茶水。

幸亏我还没结婚，没妻子和儿女。桑杰在黑暗中安慰自己。他又想起那个下巴长黑痣的姑娘，记得她是沿着疯癫老头离去的方向走的，他真希望那老头还在前面等她，他说过他的毛驴可以坐两个人。有一天她还会回来，那时她永不衰老的年轻的身体将再次为村里人展现出一幅更加美丽的世界地图，到那时村里人兴许能理解并看懂了，桑杰对此很自信。

他透过窗口抬眼望去，外面正飘落下来一只画着黑眼睛的风筝。不错，这正是他在拉萨上空放飞后被击落的那一只，这是他亲手做的。它落在坡地上的一瞬间掠过草叶尖又朝前飘扬起来，然后无声无息地滑翔在草丛中。

有几个孩子朝风筝跑来。

“快！求求你们，请帮我把那只风筝捡来，快一点！”他焦急地对看守他的老太婆喊道。

两个老太婆像接到冲锋的命令，撩起裙角飞也似的冲去。桑杰闭了眼，他不忍目睹那风筝在老人与孩子的争抢中被撕得粉碎。

“少爷，还是被我，抢到了。”一个老太婆气喘吁吁的声音在窗外说。

悬岩之光

官方的露天宴会是很排场的，被邀请者是一位四十多岁的男人，他其貌不扬，长相卑琐瘦小，也不是什么政府要员或艺术家，却被人尊称为“博士先生”。据说他拥有数以万计的财产是因为他长有四条胳膊，其中两条长在背上和肚皮上，那是不让人看见的。所有的官员都恭顺地围着他，包括这个地区的最高行政长官和军事首脑。我不知道自己干吗窜到这个地方来，没人来盘问我，也就自由自在地晃来晃去。这是在一座气派雄伟的建筑物顶的大平台上，虽然贵宾席顶上搭起一顶巨大的遮阳篷，太阳还是从正面斜照过来直射在每个人脸上。他们面前的矮桌上摆满了各种点心和饮料，一排漂亮的姑娘在贵宾们面前翩翩起舞。“博士先生”显得很傲慢，对姑娘们的舞姿扫过冷漠的一眼，微侧起头听旁边最高行政长官献媚的低语。我站在远处发现自己长长的影子正投在“博士先生”的脸上。我吓了一跳，心想这可糟了，这是对“博士先生”的亵渎和冒犯。果然，过来两个穿西装的大汉，问我是干什么的。一看就知道他们是“博士先生”的保镖。我听说“博士先生”拥有一支私人卫队，他的保镖们都在首都警察学校受过专门训练，还会识别伪装术，他们总是前呼后拥地护着“博士先生”，对当地警方的安全防护能力表现出蔑视和怀疑。我无法回答两位先生的盘问，随即被带到一边又被审问一番，他们没发现我有什么可疑之处，要我把平台边上的一道木栏卸下来。我不敢多问，接过工具动手干了起来。木栏其实是画在一块长布上的，看起来像真的一样，我用刀子划开一条长长的口子，一直拉到边上，麻烦的是那里站立着一匹白马，用嘴咬住画布的终端不放，我只得在马的嘴角边划了一刀。那木栏倒下时居然很沉重，几个保镖慌忙冲上前扶住它，然后吃力地将木栏抬走了。我想这匹马一定是“博士先生”的坐骑，要是有人发现我把它弄伤了可不得了，小心翼翼凑上前仔细看了看白马的嘴角，既没伤口也没流血，它只是狠狠瞪了我一眼，我松了一口气。站在平台边上如同站在高高的悬岩边，探头朝下望去。楼底下黑压压聚集了一群百姓正昂首翘望，见了我便发出莫名其妙的叫喊。

我的妻子不愿让我孤独难堪地出现在这种场合，她过来陪我。她是个很有身份的女人，我俩总是亲热得没法说。她挽起我的胳膊像一对绅士淑女大模大样从贵宾席前面走过。我不知道自己的影子是否再次从贵宾们脸上扫过，但是我想他们是不高兴了。其实我发现这里面混进来的无赖也不少，只不过他们衣着体面行为规矩地坐在达官贵人们中间，使警察和保镖们难以发现，他们混进来只不过是为了享受一下人的尊严。可不是嘛，连我的女朋友也混在贵妇人堆里，她打扮成记者的模样，挎了两部照相机，手里还拎一只袖珍录音机。她是一家公司的普通打字员，长得有几分性感，做梦都想当一名记者。她见了我很像那么回事地抬手打了个招呼。我俩是在冬夜一个冷清的大街上认识的。我妻子当然知道这女孩是我新结交的女友，也知道我喜欢她，但她从不干涉我的私生活，她知道这方面从没影响过我们夫妻之间好得没法说的感情。

“喂！我的技术怎么样？”女朋友问我。

“不错。”

我知道她是问我她在床上的技术，我挺满意的。见妻子挽着我的手，她显出几分困惑和忧郁。我和妻子走进一间没人的休息室里，坐在一条长沙发上紧紧搂在一起，感到阵阵幸福和宁静。这时，我的女友不知什么时候已站在门口，像一个受到冷落而感到委屈伤心的小孩子，我疼爱地招呼她过来，她噘起嘴巴走来坐在我身边，我友好地抚摸着她的大腿，发现她比以前更加漂亮可爱了。我们上一次见面是在什么时候呢？我正苦苦回想，她说：“回到公司我告诉经理，就说我上个月去西部地区采访了。”

她总幻想着自己是一名记者。我终于想起来最后一次见她是在一个雨天：她所在的那家公司的办公楼在大雨中倒塌了，人们从泥泞的废墟里扒出她的尸体时，我正撑着雨伞远远站在一旁观望。她的头被抬她的救护队员的身体挡住，我只看见一只被泡得发白的手在搬运中垂悬晃动，还有从她身上滴在雨水中的污血。我害怕看见死人，捂住脸转身跑掉。

“真对不起，”我说，“送葬的那天，我病倒了。”

“不，不是那么回事，”她不快地说，“我是沿西海姆河流考察采访，坐在直升机上面，我经受不住气流的颠簸，一会儿睡着了，一会儿醒来，很难受。后来，我什么都不知道了。”

我不想再说什么，转过头往窗外望去，没心思听她和我妻子手拉手兴致勃勃地闲聊些什么。远处的山谷像山洪暴发一般正翻滚起汹涌澎湃的怒潮，我被这壮观的景象所震惊，我的眼睛像照相机的变焦镜头一下子把山谷的远景拉得很近又很清晰：那是成千上万的野牛和草鹿从山上厮杀而下，飞扬起冲天的尘土，草鹿们死伤无数，被野牛的犄角高高挑起，刚摔在地上就被无数的蹄子踩成了肉饼。它们挤成一团，弱者用一点可怜的力量拼命抵挡又被卷走，野牛和草鹿在喧嚣和混战中滚卷而去，留下的是遍地累累的草鹿的尸体。

“亲爱的！”一个甜软的声音在我耳后响起，我一时没法分辨出是妻子还是女友的呼唤。我太爱她们了。

我回过头，又是刚才那两个穿西装的汉子脸色阴沉地朝我走来。

“你们干吗老缠着我！”我不耐烦地大声嚷嚷。

“你把‘博士先生’挑死了。”其中一个冷冰冰地说。

“我？”

“对，你的影子。”

“你呀！”妻子嗔怪地说，“别人离‘博士先生’这么近，影子也没投在他身上，瞧瞧你自己吧。”

我走出门外，站在太阳底下，果然看见自己长长的影子一直拉到这排房子的尽头，这下我没什么可说的了。我的女友对我做了个飞吻，她晃晃手中的录音机表示她还有采访任务，要先走一步。我头脑很清醒，我知道她在两个月前已经死去，现在显现出的只是她当记者的愿望未能得以实现的幽灵。当我的眼睛被已戴上的手铐金属的反光晃照了一下，我想起古老《圣经》里的一句话：“上帝说要有光，于是就有了光。”

于是就有了这他妈倒霉的影子。

“这不公平！”在我被两个大汉押走之前，我对妻子说。

她含着眼泪，大声地说：“亲爱的，带着人世间的不平和苦难走吧，让它们见鬼去吧！”

西藏，
系在皮绳结上的魂

现在很少能听见那首唱得很迟钝、淳朴的秘鲁民歌《山鹰》。我在自己的录音带里保存了下来。每次播放出来，我眼前便看见高原的山谷，乱石缝里窜出的羊群，山脚下被分割成小块的田地，稀疏的庄稼，溪水边的水磨房，石头砌成的低矮的农舍，负重的山民，系在牛颈上的铜铃，寂寞的小旋风，耀眼的阳光。

这些景致并非在秘鲁安第斯山脉下的中部高原，而是在西藏南部的帕布乃冈山区。我记不清是梦中见过还是亲身去过。记不清了，我去过的地方太多。

直到后来某一天我真正来到帕布乃冈山区，才知道存留在我记忆中的帕布乃冈只是一幅康斯太勃笔下的十九世纪优美的田园风景画。

虽然还是宁静的山区，但这里的人们正悄悄享受着现代化的生活。这里有座小型民航站，每星期有五班直升机定期开往城里。附近有一座太阳能发电站。在哲鲁村口自动加油站旁的一家小餐厅里，与我同桌的是一位喋喋不休的大胡子，他是城里一家名气很大的“喜马拉雅运输公司”的董事长，在全西藏第一个拥有德国进口的大型集装箱车队。我去访问当地一家地毯厂时，里面的设计人员正使用电脑程序设计图案。地面卫星接收站播放着五个频道，每天向观众提供三十八小时的电视节目。

不管现代的物质文明怎样迫使人们从传统的观念意识

中解放出来，帕布乃冈山区的人们，自身总还残留着某种古老的表达方式：获得农业博士学位的村长与我交谈时，嘴里不时抽着冷气，用舌头弹出“啰啰”的谦卑的应声；人们有事相求时，照样竖起拇指摇晃着，一连吐出七八个“咕叽咕叽”的哀求；一些老人对待远方的城里人，仍旧脱下帽子捧在怀中站到一旁表示真诚的敬意；虽然多年前国家早已统一了计量法，这里的人们表示长度时还是伸直一条胳膊，另一只手掌横砍在胳膊的手腕、小臂、肘部直到肩膀上。

桑杰达普活佛快要死了，他是扎妥寺的第二十三位转世活佛。高龄九十八岁。在他之后，将不再会转世继位，我想为此写篇专题报道，我和他以前有过交道。全世界最深奥和玄秘之一的西藏喇嘛教（包括各教派）在没有了转世继位制度从而不再有大大小小的宗教领袖以后，也许便走向了它的末日。形式在一定程度上也支配着意识，我说。

扎妥·桑杰达普活佛摇摇头，表示否认我的观点。他的瞳孔正慢慢扩散。

“香巴拉，”他嚅动嘴唇，“战争已经开始。”

根据古老的经书记载，北方有个“人间净土”的理想国——香巴拉。据说天上瑜伽密教起源于此，这里第一个国王索查德那普在这里受过释迦牟尼的教诲，后来宏传密教《时轮金刚法》。记载上说，在某一天，香巴拉这个雪山环抱的国家将要发生一场大战。“你率领十二天师，在天兵神将中，你永不回头，骑马驰骋。你把长矛掷向哈鲁太蒙的前胸，掷向那反对香巴拉的群魔之首，魔鬼也随之全部除净。”这是《香巴拉誓言》中对最后一位国王神武轮王赞美的描写。扎妥·桑杰达普有一次跟我说起过这场战争。他说经过数百年的恶战，妖魔被消灭后，甘丹寺里宗喀巴[①] 墓将自动打开，再次传布释迦牟尼的教义，将进行一千年。随后，将发生风灾、火灾，最后洪水淹没整个世界。在世界末日到来时，总会有一些幸存的人被神祇救出天宫。于是当世界再次形成时，宗教又随之兴起。

扎妥·桑杰达普躺在床上，他进入幻觉状态，跟眼前看不见的什么人在说话：“当你翻过喀隆雪山，站在莲花生大师的掌纹中间，不要追求，不要寻找。在祈祷中领悟，在领悟中获得幻象。在纵横交错的掌纹里，只有一条是通往人间净土的生存之路。”

我恍惚看见莲花生离开人世时，天上飞来了一辆战车，他在两位仙女的陪伴下登上战车，向遥远的南方凌空驶去。

“两个康巴地区的年轻人，他们去找通往香巴拉的路

① 宗喀巴，黄教祖师，一世达赖和班禅的师父。甘丹寺是他亲手创建的黄教根本大寺，在拉萨东郊。

了。”活佛说。

我疲惫地看着他。

“你要说的是，在一九八四年，这里来了两个康巴人，一男一女？”我问。

他点点头。

“男的在这里受了伤？”我又问。

“你也知道这件事。”活佛说。

扎妥·桑杰达普活佛闭上眼，断断续续回忆起当年那两个年轻人来到帕布乃冈山区的事，他讲起那两个人告诉他一路上的事。我听出扎妥活佛是在背诵我虚构的一篇小说。这篇小说我给谁都没有看过，写完锁进了箱里。他几乎是在逐字逐句地背诵，地点是一路上直到帕布乃冈一个叫甲的村庄。时间是一九八四年。人物一男一女。这篇小说没给别人看的原因就是到最后我也不知道主人公要去什么地方。经活佛点明我现在才清楚。唯一不同的一点是结尾时主人公是坐在酒店里有一位老人指路。我没写老人指的是什么路，当时连我自己也不知道。而扎妥活佛说是在他的房子里给那两人指的路，但这里还有一个巧合，即老人与活佛都谈起过关于莲花生的掌纹。

最后，其他人进屋来围在活佛身边，活佛眼睛半睁，渐渐进入了失去知觉和思想的状态。

我研究过一点临终术，根据有关经书的叙述，从活佛脸上的光泽和瞳孔扩散的度数看，他正开始进入死与再生之间的第三个阶段。这中间共有七个阶段，每一阶段又细分为七阶段，据说四十九天的祈祷祭祀便是表示七乘七的再生过程。

有人开始准备后事了。扎妥活佛将被火葬，我知道有人想拾到活佛的舍利作为永久的收藏和纪念。

与扎妥·桑杰达普诀别后，我在回家的路上开始考虑有关文学创作的动机问题："一篇作品就像一场白日梦一样，是幼年时曾做过的游戏的继续，也是它的替代物。"（西格蒙·弗洛伊德）"纯粹的精神的无意活动……在不受理性的任何控制，又没有任何美学或道德的成见时，思想的自由活动。"（安德烈·布勒东）"是某种感觉的需要，那就是感觉到人与世界的关系中，我们是本质的。"（让-保尔·萨特）还有一种罕见的事实，即客观事物的物象通过意念的力量成为生物感应信息传递到作者大脑，像一部启示录。我曾在同一时刻记录下了两个康巴人来到帕布乃冈的经过。之所以对后来的事不甚明了，定是某个信息发生了紊乱。

回到家，我打开贴有"可爱的弃儿"题词的箱子盖。里面整齐地排列着上百只牛皮纸袋，我所有不被发表或我不愿发表的作品都存在里面。我取出一个编码是 840720 的纸袋，里面是一个短篇小说，还没有取名。下面是这篇小说的原文：

婷赶着她的二十几只羊下山的时候，站在半山腰。她看见山脚底下那一条宽阔蜿蜒、砾石累累的枯干的河床上有个蚂蚁般的小黑点在缓缓移动。她辨认出那是一个男人，正朝她家的方向走来。婷挥挥羊鞭，匆匆把羊往山下赶。

她粗略算了算，那人得走到天黑时才能到这儿。周围荒野只有这隆起的小山冈上有几间鹅卵石垒起的矮房，房后是羊圈，一共两户人家：婷和她的爸爸，还有一个五十多岁的哑女人。爸爸是个说《格萨尔》的艺人，常常被几十里地外的外村人请去说唱，有时还被请到更远的镇里。短则几天，长则数月。来人骑马，还牵匹空马来到小山冈，把身背长柄六弦琴的爸爸请上马。随后马蹄伴着铜铃声有节奏地久久敲响着荒野里的寂静。婷站在冈上，一手抚摸坐立在她裙边的大黑狗，一直望到两匹马拐过前面的山弯。

婷从小就在马蹄和铜铃单调的节奏声中长大，每当放羊坐在石头上，在孤独中冥思时，那声音就变成一支从遥远的山谷中飘过的无字的歌，歌中蕴含着荒野中不息的生命和寂寞中透出的一丝苍凉的渴望。

哑女人整天织氆氇，每天早晨站在小山冈，向空中撒出一把豌豆糌粑，呼喊着观音菩萨。然后手摇一柄浸满油污的经轮筒，朝东方喃喃祈祷。偶尔在半夜时分，爸爸爬起身去女人房里，天蒙蒙亮时头顶蒙着长长的袍子又钻进自己的羊皮垫里。早晨娇起来挤完奶打好茶，喝糌粑糊。然后背上装了一天口粮的小羊皮口袋，背一只小黑锅，去房后拉开羊圈栅栏，软鞭一挥，赶着羊群上山。生活就是这样。

　　娇把食物和热茶准备好，趴在毯子上等待来客。室外的狗叫了，她冲出门，月亮刚刚升起。她拉住狗链，不见四周有人。一会儿，从她前面的坡下冒出个脑袋。

　　“来吧，不要紧，我抓住狗的。”娇说。

　　来人是一位顶天立地的汉子。

　　“辛苦，大哥。”娇说。她把汉子领进了房里，他礼帽下的额边垂着一绺鲜红的丝穗。爸爸不在家，去说《格萨尔》了。隔壁传来哑女人织氆氇时木槌砸下的梆梆声。这位疲惫的汉子吃过饭道完谢后便倒在娇的爸爸床上睡了。

　　娇在门外站了会儿，天空繁星点点，周围沉寂得没有一点大自然的声音，眼前空旷的峡谷地带在月光下泛着青白色。大黑狗被铁链拴着在原地转圈，娇过去蹲下身搂着它的脖子。想起自己在这寂寞简朴的小山冈上度过的童年和少年时代，想起每次来接爸爸上马的都是些沉默不语的人，想到屋里那位从远方来明天又要去远方的酣睡的旅人，她哭了，跪在地上捧着脸，默默祈求爸爸的宽恕，然后将眼泪在黑狗的皮毛上蹭擦干，起身回屋。

黑暗中，她像发疟疾似的浑身打战，一声不响地钻进了汉子的羊毛毯里。

当东方的启明星刚刚升起，在摇曳的酥油灯下，婷把自己的薄毯裹成一个卷，在一只布袋里塞了些肉干，揉糌粑的皮口袋，粗盐和一块酥油，又背上天天放羊时在山上熬茶用的小黑锅，一个姑娘该带的都在她背上了。她最后巡视一眼昏暗的小屋。

“好了。”她说。

汉子吸完最后一撮鼻烟，拍拍巴掌上的烟末，起身。摸她头顶。搂住她肩膀，两人低头钻出小屋，向黑魆魆的西方走去。婷全身负重，身上的东西一路上叮当响。她根本不想去打听汉子会把她带向何处，她只知道她永远要离开这片毫无生气的土地了。汉子手中只提着一串檀香木佛珠，他昂首阔步，似乎对前方漫漫的旅途充满了信心。

“你腰上挂条皮绳干什么？像只没人牵的小狗。”塔贝问。

“用它来计算天数，你没见上面打了五个结吗？”婷告诉他，“我离开家有五天了。”

“五天算什么，我生来没有家。”

她跟着塔贝徒步行走，一路上，有时在村庄的麦场上过夜，有时住羊圈里，有时卧在寺庙废墟的墙角下，有时住山洞，运气好时，能在农人外屋借宿，或是在牧人的帐篷里。

每进一个寺庙，他俩便逐一在每个菩萨像的座台前伸出额头触碰几下，膜拜顶礼。在寺庙外，道路旁，江河边，山口上，只要看见玛尼堆，都少不了拾几块小白石放在上面。一路上还有些磕等身长头的佛教徒，他们一步一磕，系着厚帆布围裙，胸部和膝部磨穿了，又补了几层厚补丁。他们脸上突出的地方全是灰，额头上磕了鸡蛋大的肉瘤，血和土粘在一起。手掌上钉铁皮的木板护套在他们身体俯卧的两边地上印出两道深深的擦痕。塔贝和婛没有磕长头，他俩是走路，于是超过了他们。

西藏高原群山绵延，重重叠叠，一路上人烟稀少。走上几天看不到一个人影，更没有村庄。山谷里刮来呼呼的凉风。对着蓝色的天空仰望片刻，就会感到身体在飘忽上升，要离开脚下的大地。烈日烤炙，大地灼烫。在白昼下沉睡的高原山脉，永恒与无极般宁静。塔贝的身体矫健灵活，上山时脚尖踩着一块块滑动的石头步步上蹿，他径直攀上一块圆石，回头看见婛被甩下好长一截，便坐下来等她。他们在赶路时总是默默无言，婛有时在难以忍受的沉默中突然爆发出歌声，像山谷里的一只母兽在仰天吼叫。塔贝并不转过头看她一眼，只顾行路。婛过一会儿不唱了，周围又是死一般沉寂。婛低头跟在他身后，只有坐下来小憩时才说说话。

“不流血了吧？”

“它现在一点也不疼。”

“我看看。”

“你去给我捉几只蜘蛛来，我捏碎了涂在上面就会好得快。”

“这儿没有蜘蛛。”

“去找找，石头缝里，你扒开石块会有的。”

婛在四周扒开一块块半掩在土中的石块，认真地寻找蜘蛛。一会儿她就捉了五六只，握在掌中，走过来扳开塔贝的手掌放在上面。他一只只捏碎后涂在小腿的伤口上。

“那条狗好凶，我跑跑跑跑，背上的锅老碰我的后脑勺，碰得我眼睛都花了。”

“当初我该拔出刀宰了它。”

“那女人给我们这个，”她模仿着做了个最污辱人的下流动作，“真吓人。”

塔贝又抓起一把土撒在伤口上，让太阳晒着。

“她钱放在哪儿的？”

“在酒店里屋柜子里，有这么厚一沓。”他亮亮巴掌，“我只拿了十几张。”

“你用它想买什么呢？”

“我要买什么？前面山下有个次古寺，我给菩萨送去。我还要留一点。”

“好的。你现在好点了吗？不疼了吧？”

“不疼了。我说，我口干得要冒烟。”

“你没见我把锅已经架上了吗？我就去捡点干刺枝。”

塔贝懒洋洋躺在石头上，将宽边礼帽拉在眼睛上挡住阳光，嘴里嚼着干草。婻趴在三颗白石垒成的灶前，脸贴着地，鼓起腮帮吹火熬茶。火苗“嘭”地燃烧起来。她跳起身，揉揉被烟熏得灼辣的眼，拉下前额的头发看看，已经被火舌燎焦了。

远处高山之巅上有两个黑影，大约是牧羊人，一高一矮，像是盘踞在山顶岩石上的黑鹰。他们一动也不动。

婻也看见了他们，挥起右手在空中划圈向他们招呼，上面的人晃动起来，也划起圈向她致意。距离太远，扯破嗓子互相也听不见。

“我还以为这里只有我们两个人。”婻对塔贝说。

“我在等你的茶。”他闭上眼。

婻忽然想起了什么，她从怀里掏出一本书，很得意地向塔贝展示自己的猎物，那是昨晚上在村里投宿时从一个往她耳里灌甜言蜜语、行为并不太规矩的小伙子屁股兜里偷来的。塔贝接过一看，他不认识这种文字和一些机械图，封面印的是一辆拖拉机。

"这玩意没一点用处。"他扔给婛。

婛很沮丧，下一次烧茶时她一页页撕下用来做引火的燃料了。

走到黄昏，站在山弯远远看见前面一个被绿树环抱的村庄时，婛的精神重新振奋起来。她又唱起歌了，抡起拄棍在地边的马兰草堆里乱舞，又端起棍子小心翼翼地戳戳塔贝的胳肢窝和腰下想逗他发痒。塔贝不耐烦地抓住棍梢往外一甩，拽得她趔趄跌倒在地，哭笑不得，困惑地愣上半天神。

进了村，塔贝自己一个人去喝酒或者干别的什么去了。他俩约好在村里小学校边一幢刚刚盖好还没有安装门窗的空房子里住宿。村里的广场晚上演电影，有人在木杆上挂银幕。婛在一片林子里拾柴火时被一群小孩围住，孩子们趴在墙头朝她扔石头。有一颗打在她肩上，她没有回头，直到一个戴黄帽子的年轻人把孩子们轰走。

"他们扔了八颗石头，有一颗打中你了。"黄帽子笑眯眯说，他手中握着一只电子计算器，摊在婛跟前，显示屏显出一个阿拉伯数字"8"，"你从哪儿来？"

婛看着他。

"你记不记得你走了多少天？"

"我不记得。"婛撩起皮绳说，"我数数看。你帮我数数。"

“这一个结算一天吗？”他跪在她跟前，“有意思……九十二天。”

“真的？”

“你没数过吗？”

琼摇摇头。

“九十二天，一天按二十公里计算。”他戳戳计算器上的数字键码，“一千八百四十公里。”

琼没有数字概念。

“我是这儿的会计。”小伙子说，“我在想一个问题，用它来帮我解答。”

“这是什么？”琼问。

“是电子计算器，好玩极了。它知道你今年多大。”他按出一个数字给琼看。

“多大？”

“十九岁。”

“我今年十九岁吗？”

“那你说。”

“我不知道。”

“我们藏族以前从不计算自己的年龄。但它却知道。看，上面写的是十九吧。”

“不像。”

“是吗？我看看。哦，刚开始看有些不习惯，它的数字有点怪。”

“它能知道我名字吗？”

“当然。”

“叫什么？”

他一连按出八位数，把显示屏显得满满的。

“怎么样？它知道吧。”

“叫什么？”

“你连自己的名字还看不出来？笨蛋。”

“怎么看。”

“你这样看。”他竖着给她看。

“这是叫姢吗？”

“当然叫姢，洽霞布久曲呵姢。”

“嘿！”她兴奋地叫道。

“嘿什么，人家外国人早用了。我在想一个问题，以前我们没日没夜地干活，用经济学的解释是输出的劳动力应该和创造的价值成正比。”他信口开河起来，把工分值、劳动值以及商品值和年月日加减乘除一通。又显出数字，“你看看，计算出来倒成了负数。结果到年终我们还要吃返销粮，向国家伸手要粮，这是违反经济规律的……你瞪我干什么？想吃掉我？”

“如果你没晚饭吃，就在这儿吃好了，我拾了柴就烧菜。”

“他妈的。你是从中世纪走来的吗？或者你是……是叫什么外星人。”

“我从很远的地方来，走了……”她又撩起皮绳，“刚才你数了多少？”

“我想想，八十五天。”

“走了八十五天。不对，你刚才说九十二天，你骗我。”婉咯咯笑起来。

“啊啧啧！菩萨哟，我快醉了。”他闭眼喃喃道。

“你在这儿吃吗？我还有点肉干。”

“姑娘，我带你去一个地方好吧？有快活的年轻人，有音乐，有啤酒，还有迪斯科。把你手上那些烂树枝扔掉吧！”

塔贝从黑压压一片看电影的人群中挤出来。他没被酒灌醉，倒被那银幕上五光十色、晃来晃去、时大时小的景物和人物弄得昏头涨脑，疲惫不堪，拖着脚步回到那幢空房里。小黑锅架在石头上，石头是冰凉的。婉的东西都放在角落边。他端起锅喝了几口凉水，便背靠墙壁对着天空冥思苦想。越往后走，所投宿的村庄越来越失去了大自然夜晚的恬静，越来越嘈杂，喧嚣，机器声、歌声、叫喊声。他要走的绝不是一条通往更嘈杂和各种音响混合的大都市，他要走的是……

婉跌跌撞撞回来，她靠着没有门框的土坯墙，隔着一段距离塔贝就闻到她身上发出的酒气，比他喷出的酒气要香一些。

“真好玩，他们真快活。”婛似哭似笑地说，“他们像神仙一样快活。大哥，我们后……大后天再走。”

“不行。”他从不在一个村里住两个晚上。

“我累了，我很疲倦。”婛晃着沉甸甸的脑袋。

“你才不懂什么叫累，瞧你那粗腿，比牦牛还健壮。你生来就不懂什么叫累。”

“不，我说的不是身体。”她戳戳自己的心窝。

“你醉了，睡觉。”他扳住婛的肩头将她按倒在满是灰土的地上。最后替她在皮绳上系了个结。

婛越来越疲倦了，每次在途中小憩时，她躺下就不想继续往前走。

“起来，别像贪睡的野狗一样赖着。”塔贝说。

“大哥，我不想走了。”她躺在阳光下，眯起眼望着他。

“你说什么？”

“你一人走吧，我不愿再天天跟着你走啊走啊走啊走。连你都不知道该去什么地方，所以永远在流浪。”

“女人，你什么都不懂。”但是他知道该往哪个方向走。

“是，我不懂。”她闭上眼，蜷缩成一团。

“滚起来！”他在婛屁股上踹了两脚，高高扬起巴掌，做出砍来的样子，“要不，我揍你。”

“你是个魔鬼！”婉哼哼唧唧爬起身。塔贝先走了，她拄着棍子跟在后面。

婉在一个她认为适当的机会逃跑了。他俩睡在山洞里，半夜时她爬起身，没忘记背上她的小黑锅，借着星光和月光朝山下往回跑。她觉得自己像出笼的小鸟一样自由。到第二天中午，在一边是深谷的岩边休息时，对面山脊出现了一个黑点，就像那天她放羊回家时所看见的一样。塔贝截住了她，走来。她气得发抖，抡起小黑锅向他头上死命砸去，那奇大无比的力量足以使一头野公牛的脑浆飞迸出来。塔贝惊骇机智地闪过，抬手一拨，黑锅从她手中飞脱，叮叮当当滚下深谷里。他俩互相看看，听见那声音响了好一阵。最后婉只得呜呜咽咽攀下深谷，几个时辰后才把锅捡上来。锅身碰满了大大小小的凹坑。

“你赔我的锅。”婉说。

“我看看，”他接过来，两人仔细检查了一阵，“只有一条小缝，我能补好。”

塔贝走了，婉垂头丧气地跟着。

“哎——”她用大得出奇的声音唱起一首歌，把整个山谷震得嗡嗡响。

大概有那么一天，塔贝对婉也厌倦了，他想：只因我前世积了福德和智慧资粮，弃恶从善，才没有投到地狱，生在邪门歪道，成为饿鬼痴呆。而生于中土，善得人身。

然而在走向解脱苦难的道路上，女人和钱财都是身外之物，是道路中的绊脚石。

不久，他俩来到名叫“甲”的村庄。这个时候，婛的腰间那根皮绳已系了一串密密麻麻的结。他俩没想到甲村的人们会敲锣打鼓站在村口迎接。民兵组成仪仗队背着半自动步枪站在两旁，为了保险起见，枪口都塞了红布卷。两头由四个村民装扮的牦牛在夹道中跳着舞蹈。村长和几个姑娘捧着哈达和壶嘴上粘着酥油花的银壶在最前面迎接。原来这里一直大旱。前不久有人打了卦，今天黄昏时会有两个从东边来的人进村，他们将带来一场琼浆般吉祥的雨水，使久旱的庄稼得到好收成。他俩果然出现了，人们认为这是一个好兆头。欢天喜地将塔贝和婛扶上挂满哈达的铁牛拖拉机簇拥着进了村。男女老少都穿着新衣，家家户户的屋顶都换了新的五色经幡布。有人从婛的音容、谈吐和体态上看出了她有转世下凡的白度母的特征，于是塔贝被撇在了一边。但是塔贝知道婛绝不是白度母的化身。因为在婛睡熟的时候，他发现她的睡相丑陋不堪，脸上皮肉松弛，半张的嘴角流出一股口涎。所以塔贝知道婛不是白度母的化身。

他一人闷闷不乐地去酒店喝酒，他想惹点事，最好有人讨厌他，跟他过不去，他就有事干了。打上一场，那人敢跟他拼刀子更好。

酒店里只有一个老头在喝酒，苍蝇在他头顶飞来飞去。塔贝进去后，带着挑衅的神气坐在他对面。一个包花头巾的农家姑娘取一只玻璃杯放在他桌前，斟满酒。

“这酒像马尿。”他喝了一口大声说。

没有人回答。

“你说像不像？”他问老头。

“要说马尿，我年轻时喝过。那真正是用嘴对着公马底下那玩意喝的。”

塔贝得意地笑起来。

“为了把我的牛羊从阿米丽尔大盗手中夺回来，我从格则一直追到塔克拉玛干沙漠。”

“阿米丽尔是谁？”

“嘿，那是几十年前从新疆那边来的一支强盗的女首领，是哈萨克人，在阿里和藏北一带赫赫有名。一个万户数不清的牛羊群在一夜之间就从草原上被带走，第二天从帐篷出来一看，白茫茫一片，留下的只有数不清的蹄印，连噶厦政府派出的藏兵也治不了她。”

“后来？”

“刚才你说马尿。是啊，我背着叉子枪，骑马追我的牛羊，在那大沙漠里，就是那几口马尿救了我的命。”

“再后来？”

“再后来，女首领要留我，留我给她当……”

“丈夫？”

“羊倌。我是万户的儿子啊！他娘的长得真漂亮，她简直是太阳，谁都不敢对直看她一眼，我逃了回来。你说说，我除了地狱和天堂，还有什么地方没去过？”

“我要去的地方你就没去过。”塔贝说。

“你准备去哪儿？”老头问。

“我，不知道。”塔贝第一次对前方的目标感到迷惘，他不知道该继续朝前面什么地方去。老头明白他的心思。

老头指着他身后的一座山说：“谁也没有往那边去过。我们甲村以前是驿站，通四面八方，可就是没人往那边去。一九六四年的时候，”他回忆起来，“这里开始办人民公社，大家都讲走共产主义道路，那时没有一个人讲得清楚共产主义是什么，反正它是一座天堂。在哪儿，不知道。问卫藏的来人说，没有。问阿里的来人说，没有。康藏的人也说没看见。那只有喀隆雪山没人去过。村里就有几个人变卖了家产，背着糌粑口袋，他们说去共产主义，翻越喀隆雪山，从此没回来。后来，村里人没一个再去那边，哪怕日子过得再苦。”

塔贝用牙咬住玻璃杯口，翻起眼看他。

“但是我知道有关喀隆雪山下的一点秘密。”老头眨眨眼。

“说吧。”

“你准备去那边吗？”

“也许。”

“爬到山顶，你会听见一种奇怪的哭声，像一个被遗弃的私生子的哭声，不要紧，那是从一个石缝里吹来的风声。爬完七天，到山顶时刚好天亮，不要急着下山。太阳下，雪的反光会刺瞎你的眼，等天黑后再下山。”

“这不是秘密。”塔贝说。

“对，这不是秘密。我要说的是，下山走两天，能看见山脚下时，那底下有数不清的深深浅浅的沟壑。它们向四面八方伸展，弯弯曲曲。你走进沟底就算是进了迷宫。对，这也不是什么秘密，别打断我的话。你知道山脚为什么有比别的山脚多得多的沟壑吗？那是莲花生大师右手的掌纹。当年他与一个叫喜巴美如的妖魔在那里混战一百零八天不分胜负，大师施出种种法力未能降伏喜巴美如。当妖魔变成一只小小的虱子想使对手看不见时，莲花生举起了神奇的右手，口中高声念诵着咒经，一巴掌盖向大地，把喜巴美如镇到了地狱中，从此在那里留下了自己的掌纹。凡人只要走到那里面就会迷失方向。据说在这数不清的沟壑中只有一条能走出去，剩下的全是死路。那条生路没有任何标记。”

塔贝神情严肃地看着老头。

“这是一个传说，我也不知道走出去以后前面是个什么世界。”老头摇摇头，咕噜道。

塔贝准备去那边了。老头后来向他提出要求，请他将婛留下。他家有个儿子，最近刚买了一台拖拉机。现在家家都想买拖拉机。大清早隆隆的机器声掩盖了千百年雄鸡的打鸣声。道路上马车和毛驴被挤到了边上。人们喝着从雪山流下的纯洁透明的溪水时，也嗅到一股淡淡的柴油气味。老头自己经营着一座电机磨房，老伴耕种着十几亩田地。前不久，老头还去大城市出席了一个“治穷致富先进代表大会”，领到奖状和奖品，报纸上也登过他的四寸大照片。他们世世代代没像现在这么富裕过，也世世代代没像现在这么忙碌过。需要一个操持家务的媳妇。说话的时候，他儿子进来了，掏出一沓花花绿绿的钞票，想在外乡人面前炫耀。儿子戴着电子表，腰间挂着小巧的放声机，从头上的耳机里随着别人听不见的音乐节奏扭着舞步。他把城里公子哥儿的派头学到家了。塔贝对此无动于衷，只是门外停着的那辆没熄火的手扶拖拉机的突突声牵动了一下他的心弦。他起身走向拖拉机旁，摸摸扶手。

“好的，婛留给你了。”塔贝说。

小伙子大概刚从婛那里得到了一点什么，笑眼蒙眬。

“我能坐坐你这玩意吗？”塔贝问。

“当然，半个小时保你会开。”小伙子上前教他操作常识，教他怎样控制油门，教他怎样换挡，离合器怎样配合，怎样起步和刹车。

塔贝慢慢开动了拖拉机，行驶在黄昏的乡村土道上。婖在一旁看着他。她要留下来了。她愉快地流着眼泪。这时后面开来一辆速度很快的带拖斗的铁牛拖拉机，塔贝不知道怎么办。旁边是条浅沟，小伙子在后面高声喊他开进沟里。塔贝从驾驶座跳到了路中间，手扶拖拉机自己慢慢溜进了沟里。他被来不及刹车的“铁牛”后面的拖斗撞倒在地。大家全围上前。塔贝爬起身，拍拍土。他的腰部被撞了，他说没什么，一点事也没有。大家松了口气。

塔贝要走了，他第一次摆弄机器就被它咬了一口。他抱住婖，跟她行了个碰头礼，往喀隆雪山那边去了。到夜晚时，果然下了场雨，村里人高高兴兴唱起歌。塔贝离开甲村，一人进了山。在半路上，他吐了一口血，他的内脏受了伤。

小说到此结束。

我决定回到帕布乃冈，翻过喀隆雪山，去莲花生的掌纹地带寻找我的主人公。

从甲村翻过喀隆雪山到掌纹地的路途比我预料的要遥远得多。雇的一匹骡子在途中累倒下了。它卧在地上，口中流着白沫，用临死前那样一种眼光看着我。我只得卸下它驮的包囊背在自己身上，在它嘴边放了几块捏碎的压缩面包。一翻过喀隆雪山，首先听见海啸般轰轰的巨响，山下的雪堆像云朵般上下翻卷，脚下的雪粒像急流的河水。但是我的整个身体一点没感到风的吹动，空气就像无风的冬夜一样寒冷而静谧。我戴着防护镜，所以用不着等到天黑才下山。整个山面是被厚雪覆盖的一片平滑的大斜坡，看上去没什么凹凸障碍，我背着囊包走“Z”形缓慢下山。沉重的囊包从背上慢慢坠到腰间，就在我收腹挺胸耸肩想把囊包提起来时，由于猛烈的失重，脚下站立不稳，一个跟头朝前跌倒。我知道已经无法再站起来，身体正快速往下滑动，于是手脚抱成一团，接着天旋地转向山下滚去。

万幸的是，还没掉进雪窝里去。等我醒来，已躺在平整松软的雪地上，我已到了山脚，向上望去，在雪坡中一道深深的条痕通到高处雪雾缥缈的空间。

在山顶时我看了一次表，时间是九点四十六分，此刻再次看表时，指针却指向八点零三分。走下雪线便进入草苔地带，再往下是草地，高寒灌木丛，小树林，接着是一片大森林。穿出森林，树木植物又渐渐稀少，呈现出光秃秃的荒凉的山石，空坝。整个途中，我不时地看表，把心里估计的时间和表上的时间不断加以对照，计算一番后得出了结论：翻过喀隆雪山以后，时间开始出现倒流现象，右手腕上这块精工牌全自动太阳能电子表从月份数字到星期日历全向后翻，指针向逆方向运转，速度快于平常的五倍。

越往前走，映入视觉中的自然景象也越来越产生了形的异变：一株株长着卵形叶子，枝干黄白的菩提树，根部像生长在输送带上一样整整齐齐从我眼前缓缓移过。旁边有座古代寺庙的废墟。在一片广阔的大坝上走来一只长着天梯般长脚的大象。它使我想起了萨尔瓦多·达利的《圣安东尼的诱惑》，我小心翼翼避开这一切，加快脚步，并不回头再望一眼。一直走到蒸腾着热气的温泉边才歇息一会儿。我实在太累了，但不敢睡，我知道一旦合上眼皮，将永远长眠不醒了。透过温泉的热气，前面有些不知哪个时代遗弃在这里的金马鞍、弓箭铁矛、盔甲、转经筒和法号，还有破布条的黄旗，这里很像是一个古战场。如果我不那么累的话，我会走过去仔细看看，也许能考证出《格萨尔》史诗中所描写的某一战场是在这里。现在我只能坐在一旁远远地观看。这些金属被温泉长时间的高温熔化了，软绵绵摊在那里，失去了视觉上的硬度感，有的已无法辨认出它本身的形状，变成稀释的物质四处流溢，颇有规律地排列组合成像玛雅文字一样难解的符号。起先我怀疑眼前这一切物象是由于患上了孤独症而错误地感知外界客体产生形的变异，但马上又排除了这个想法，因为我大脑的思维是有逻辑性的，记忆力和分析能力都良好。太阳自始至终由东向西，宇宙不管怎样还是在按照自身的规律存在和运动。虽然白昼和黑夜交替出现，但由于手表上的指针继续向反时针方向做快速运行，日历和星期月份牌不断向后翻，这使我心理上产生一种体内生物钟的紊乱，甚至身体出现失重现象。我想这种反应要比从东方乘飞机跨越太平洋向南美洲做洲际旅行由时差引起的不适感强烈得多。

等我从一个黎明醒来，发现自己睡在一块高大无比的红色巨石下面。我是在一个呈放射形向前延伸的数不清沟壑的汇聚点上。一定是这又凉又潮的寒意把我冻醒了，加上从四处沟底吹来的风更冷得我牙齿打战。我急忙攀上眼前约有七八米高乱石突出的沟壁，探出头一看，前面是一望无际的地平线，我已经到了掌纹地。数不清的黑沟像魔爪一样四处伸展，沟壑像是干旱千百年所形成无法弥合的龟裂的地缝，有的沟深不见底，竟然找不到一棵树，一根草。一片蛮荒，它使我想起一部描写核战争电影最后一个广角镜头：在世界末日的焦土上，一东一西两个男女主人公慢慢抬起头，费力地向对方爬去，最后这两个世界上唯一的幸存者终于爬到一起，拥抱。苦难的眼光。定格。他们将成为又一对亚当和夏娃。

扎妥·桑杰达普的躯体早已被火葬，大概有人在烫手的灰烬中捡到了几块珍宝般的舍利。我的主人公却没有在眼前出现。

“塔——贝！你——在——哪——儿？”我放开声音喊叫，我觉得他走不出这块地方。声音传得很远，却没有一点回音。

不一会儿，我便看见了奇迹：一两公里外的前面出现了一个黑点。我沿着垄沟朝前飞跑，一面喊着我的主人公的名字。等我看清时，惊讶得站住了：是婛！这是我万万没预料到的。

“塔贝要死了。”她哭哭啼啼走过来说。

“他在哪儿？”

婛把我带到她身边的沟底下。塔贝躺在地上，他脸色苍白，憔悴，沉重地呼吸着。沟边长着苔藓的石缝里滴着水，在地上积成个小水洼，婛不停地用腰带蘸一点水，滴在他半张的嘴里。

“先知，我在等待，在领悟，神会启示我的。”塔贝睁眼看见我说。

“他腰上的伤很严重，需要不停地喝水。”婛在我耳边低语。

“你为什么没留在甲村？”我问。

“我为什么要留在甲村呢？”她反问，“我根本没这样想过，他从来没答应我留在什么地方。他把我的心摘去系在自己腰上，离开他我准活不了。”

“不见得。”我说。

“他一直想知道那是什么。”婉指着我身后，我回过头，从沟底往回望去，这是一条笔直的深沟，一直可见到头，前面那座红色巨石正是我昨晚过夜的地方。现在才看清，红色的心脏上刻着一个雪白的“弓”。站在红石下仰起头是无法看见的。“弓”通常是喇嘛念“唵嘛呢叭咪吽”六字真言一百遍时要喊出的一个音节。它刻在红石上，据我所知，要么，就是此地是神灵鬼怪出没的地方，要么，这里曾埋葬过一位伟人的英灵，在从江孜到帕里的一个名叫曲米新古河边的一块岩石上也刻着这样一个“弓”，那是为纪念一九〇四年为抵抗英国人的侵略在那里献身的藏军首领二代本拉丁而刻的。但这一切我觉得没有对塔贝再解释的必要。

此时此刻，我才发现一个为时过晚的真理，我那些“可爱的弃儿”原来都是被赋予了生命和意志的。我让塔贝和婉从编有号码的牛皮纸袋里走出来，显然是犯了一个不可弥补的错误。为什么我至今还没塑造出一个“新人”的形象来？这更是一个错误。对人物的塑造完成后，他们的一举一动即成客观事实，如果有人责问我在今天这个伟大的时代为什么还允许他们的存在，我将做何回答呢？

怀着最后的一丝侥幸心理，我附在塔贝耳边，轻声细语地用各种他似乎能理解的道理说服他，使他相信他要寻找的地方是不存在的，就像托马斯·莫尔创造的《乌托邦》，就那么回事一样。

晚了，在他生命的最后一刻要让他放弃多少年形成的信仰是不可能了。他翻了个身，将脑袋贴在地面。

“塔贝，”我说，“你会好起来的，你等我一会儿，我的东西全放在那边，里面还有些急救药……”

“嘘！”塔贝制止住我，耳朵紧贴冰凉潮湿的地面，“你听！听！”

好半天，我只听见自己心律跳动中出现的一点微弱的杂音。

“扶我上去！我要到上面去！”塔贝坐起身，挥舞着手喊道。

我只得扶起他。婛先爬到沟上面，我在下托住塔贝，他身体居然很沉。我扛着他，一手小心护着他腰，另一只手抓住锋利突出的岩石块，一点点把他往上托。接着两只脚也踩在外凸的石块上。攀石的那只手被划了一下，先是麻木，接着灼痛，热乎乎的血流了出来，顺着胳膊流到衣袖里。婛趴在上面，伸下两只手夹住了塔贝的胳肢窝，一个在上面拽，一个在下面托，费好大的劲才把他抬上沟来。太阳正要从地平线上升起，东边辉映着一派耀眼的光芒。他贪婪地吸了一口早晨的空气，眼睛警觉地四处搜寻，想要发现什么。

“它说的是什么，先知？我听不懂，快告诉我，你一定听懂了，求求你。”他转过身匍匐在我脚下。

他耳朵里接收的信号比我早几分钟，随后我和婛都听见了一种从天上传来的非常真实的声音。我们注意聆听。

“是寺庙屋顶的铜铃声。”婛喊道。

“是教堂的钟声。”我纠正道。

“山崩了，好吓人。”婛说。

“不，这是气势庞大的鼓号乐和千万人的合唱。”我再次纠正道。婛困惑地看我一眼。

“神开始说话了。”塔贝严肃地说。

这次我没敢纠正。是一个男人用英语从扩音器里传来的声音。我怎么也不能告诉他，这是在美国洛杉矶举行的第二十三届奥林匹克运动会的开幕式，电视和广播正通过太空向地球上的每一个角落报道着这一盛会的实况。我终于获得了时间感。手表上的指针和日历全停止了，整个显出的数字告诉我：现在是公元一九八四年七月北京时间二十九日上午七时三十分。

“这不是神的启示，是人向世界挑战的钟声、号声，还有合唱声，我的孩子。”我只能对他这样讲。

不知他听见没有，或者他什么都明白了。他好像很冷似的蜷缩起身子，闭上眼，跟睡着了一样。

我放下塔贝，跪在他身边，为他整理着破烂的衣衫，将他的身体摆成一个弓形。由于我右手上的血沾在了他衣衫上，这使我感到很内疚。是我害了他，也许，这以前我不止一次将我其他的主人公引向了死亡的路。是该好好内省一番了。

“现在，只剩下我一个人了。”婛可怜巴巴地说。

“你不会死。婛，你已经经历了苦难的历程，我会慢慢地把你塑造成一个新人的。”我仰面望着她说，我从她纯真的神情中看见了她的希望。

她腰间的皮绳在我鼻子前晃荡。我抓住皮绳，想知道她离家的日子，便顺着顶端第一个结认真地往下数：“五……八……二十五……五十七……九十六……”

数到最后一个结是一百零八个，正好与塔贝手腕上念珠的颗数相吻合。

这时候，太阳以它气度雍容的仪态冉冉升起，把天空和大地辉映得黄金一般灿烂光明。

我代替了塔贝，婛跟在我后面，我们一起往回走。时间又从头算起。